Cheery-Bye
ごきげんよう、
私を捨てた元婚約者様。
陛下のお子を
身籠りました
つくも茄子
Illust. UIIV◇

E R S
テオドール・コーネル
伯爵子息。幼いころからの
婚約者であるヒロインを裏切る
享楽主義の男。
利己的でわがままな性格。
ルーナ・ベアトリクス
・ヴェリエ
侯爵令嬢。
文官（国王陛下の専属秘書官）を務める。
伯爵子息のテオドールと婚約していたが
恋人が妊娠したと一方的に捨てられて…。
ソレイユ
ルーナとヴィルヘルムの
愛息子で王太子。
ヴィルヘルムにそっくり。

C H A R A C T

ヴィルヘルム・アウグスティヌス・シュタイン

シュタイン王国の国王。
ルーナの父が側近をしていた縁で
幼い頃より交流があった。
クールなキレ者でずっとルーナのことを
気にかけており…。

アマーリエ

上級妃。ヴィルヘルムの従姉。
後宮の妃達を取り仕切るリーダー
のような存在で麗しい美貌をもつ。

Cheery-Byte

過去はまっしょうしたい！
ゆるしましぇん！
そうだろ、なら
同じことをすればいい。
恋をするのだ。

ごきげんよう、私を捨てた元婚約者様。陛下のお子を身籠りました

つくも茄子
Illust. UIIV◇

目次

【後宮入りと婚約解消】…… 4
【一日の終わり】…… 16
【十二年前】…… 26
【王宮出仕】…… 39
【とある騒動】…… 49
【とある結婚式】…… 56
【マニュアル】…… 65
【酒の力】…… 73
【一夜の過ち】…… 85
【望み（国王視点）】…… 94
【追憶（国王視点）】…… 105
【左遷（テオドールの友人視点）】…… 120
【資料課の価値（人事課長視点）】…… 131
【後宮は平和】…… 140
【後宮の派閥】…… 148
【懐妊】…… 157
【歓喜1（宰相視点）】…… 166
【歓喜2（国王視点）】…… 174

【王妃】…… 182
【元婚約者の転落】…… 188
【影響】…… 195
【縁切り（とある領主視点）】…… 204
【領地経営（元婚約者視点）】…… 215
【愛息子】…… 226
【数ヶ月後】…… 237
【暗躍1（マルガレータ上級妃視点）】…… 243
【暗躍2（国王視点）】…… 250
【保守派の終わり（アマーリエ上級妃視点）】…… 258
【出産】…… 267
【後宮の閉鎖】…… 277
【処遇1（国王視点）】…… 285
【処遇2（中級妃視点）】…… 289
【処遇3（公爵子息視点）】…… 298
【老人の後悔（元伯爵視点）】…… 305
【公爵の死（国王視点）】…… 311
【両親（王太子視点）】…… 324
【時代の変化】…… 336

【後宮入りと婚約解消】

「ルーナ様。本日より、こちらの離宮がルーナ様の宮殿になります。どうぞ、ご自由にお使いくださいませ」

「わかりましたわ」

紆余曲折《うよきょくせつ》の末、私、ルーナ・ベアトリクス・ヴェリエはこの度後宮へ入ることになりました。

後宮には、正妃、上級妃、中級妃、下級妃といったランクがあります。

正妃と上級妃になれるのは侯爵家以上、中級妃と下級妃は伯爵以下。

更に、正妃はひとり、上級妃は三人、中級妃は六人、下級妃は十人と人数制限まであります。

その上で独立した宮殿を与えられるのは上級妃のみ。

運がいいのか悪いのか。

現在、上級妃はふたりしかいません。最後のひとりに私が滑り込んだ形になったのですが……大丈夫でしょうか？

おじい様は「なにも心配するな」と言ってましたのできっと陛下となんらかの密約を交わしたのでしょう。

溜息《ため》が出ます。

まあ、こうなった原因は私にあるのですが、根本的な原因は間違いなく元婚約者のテオドール・コーネル伯爵子息です。十歳の時に婚約したテオドールは、私よりふたつ年上。些《いささ》か言動が幼稚というかなんというか……。はっきり言ってアホなのです。軽率極まりないアホ。

……ええ！

あのアホが。アホな行動をしたばかりにこのような場所に来てしまったのです‼

ああ！　思い出しても腹が立つ‼　なにもかも元婚約者、テオドール・コーネル伯爵子息が悪いんです‼　バカな子は可愛いと言いますが、救いようのないバカは嫌いです。いいえ、違いますわね。救いようのないバカでアホな愚か者。まさに「一度死なないと治らない」の典型の愚者。

そう、あれは一週間前――

『結婚するから婚約を解消してくれ』

この一言からはじまったのです。

世の中、理不尽なことは数多くあります。それでも、長年の婚約者にいきなり「ほかの女と結婚する」と報告されるのは私くらいではないでしょうか？

それも仕事先に押しかけてきてまで言う言葉ではありません。

仕事の書類を抱え廊下を歩いていたところに何故か婚約者のテオドールが待ち伏せをしてい

ました。ニヤニヤとやけに締まりのない顔でアポも取らずに突撃してきたのです。それだけでも十分非常識な行いですが、更には、「急ぎの用なんだ。時間をくれ」などと悪びれもせず言う始末。

この男は書類が見えていないのか、それとも見えていても仕事より自分を優先しろと？　――呆《あき》れて無視しようかと思ったくらいです。

「大事な話がある」

この言葉に嫌な予感がしました。断りたい。けれど断ると余計に面倒だと判断して仕方なく、本当に仕方なく空いている会議室を用立てた結果がコレです。

「婚約を解消？」

「ああ、そうだ」

テオドールは、満面の笑みで頷きました。その笑顔にイラッとした私は悪くないはずです。誰だって急に「婚約解消したい」と言われて「はい、わかりました」と答える人はいません。ええ、これっぽちも愛情を感じない相手でも。

「理由を聞いてもよろしくて？」

「ああ、勿論《もちろん》だ。実は、彼女に子供ができたんだ」

あり得ない理由を言われ、私は唖然《あぜん》としました。

私という婚約者がいながら「彼女」とは何事ですか？

それに「子供」と言いましたか？

あり得ません！

婚約者が居ながら浮気とは！

脳裏に〝裏切り〟と〝不貞〟の文字が浮かんでは消えていくのがわかります。

私の心の葛藤など知らないと言わんばかりのテオドールは、自分が浮気をして相手を妊娠させた不届き者だという考えがまったくないのか、先程から緩み切った表情のままです。

事の重大さを理解しているのかしら？

まさかとは思いますけど、私との婚約を忘れていらっしゃる？

ああ、それはありませんね。先程「婚約解消」と言っていましたから……いけません。思った以上に動揺しているようです。とりあえず聞かなければいけないことがあります。

「おじ様たちはご承知なのですか？」

「当たり前だろ」

更にあり得ない事実が発覚しました。

息子の不貞を了承したというのですから。

伯爵家の当主としてどうなのかしら？　貴族としてあり得ないことです。

「皆、喜んでくれた」

嬉しそうに笑うテオドールに頭痛がしてきました。

息子の浮気相手が妊娠して喜ぶ親とは一体……。

呆れて物も言えません。

ですが――

「それなら、私に否はありません」

相手の女性に熨斗《のし》をつけてくれてやりましょう。ニッコリと微笑んで言うと、何故かテオドールは不機嫌な顔になりましたわ。何故でしょう。

「……それだけかよ？　ほかに言うことがあるんじゃないのか？」

「……？　特にありませんけど？　しいて言うのなら、私のおじい様にお知らせしなければならないということでしょうか？」

「本当か？」

「ええ」

「……なにかあるだろ」

「いいえ、なにもありませんわ」

ほかになにがあるというのでしょう。だって、テオドールは浮気をしたのです。相手の女性が妊娠しているという事実を鑑みても、婚約解消は当たり前でしょうに。

そもそも自分から言い出しておいて不機嫌になる彼の心境が理解できません。子供の頃のようにふくれっ面になることはありませんが、不満であるのは手に取るようにわかります。

本当になんでしょう？

ほかになにかあったでしょうか？

ああ！

「今後について詳しい話し合いが必要ですから、近いうちに両家で正式な場を設けるだけですわね」

主に慰謝料について。

相手の女性からも搾れるだけ搾り取ってやりますわ！

それ以外ありません。

侯爵家をそして宰相閣下である祖父を敵にまわして無事ですむとは思わないでしょうに。覚悟はできているはずですもの。


あら？

どうしたのでしょう。

テオドールの顔は百面相してます。

つい笑いそうになりましたわ。いけないいけない、笑ったら更に機嫌が悪くなって面倒なことになるでしょうし。気を付けなければ。ここはさっさと追い出すに限ります。

「ルーナはさ、昔からそうだよな。事務的っていうか……無駄な事は一切しないっていうかさ」

「そうでしょうか？」

「そうだ！　俺との婚約中だって領地にいってばかりだったじゃないか‼」

「コーネル伯爵家は領地持ちの貴族。次の当主夫人として当然の事だと認識していましたわ」

「伯爵家の領地なんて田舎じゃないか‼　しかも領地ですることといったら書類とにらめっこだった‼」


この男は一体なにを言っているのでしょう。

当然でしょう。

「伯爵領の仕事ですよ？　元々、貴男に任されていたものです。それを期限ぎりぎりで泣きついてきたのは貴男です。私が『当主代行の〝代行〟』を務めて仕事を代わって終わらせただけです。感謝されることはあっても文句を言われる覚えはありません」

「～～～っ……そうやって『自分はひとりでなんでもできます』って顔が気に入らないんだ！　ちょっとばかし頭がいいからって人を見下して！　俺に説教して‼　うんざりだ‼」

「テオドール、訂正してちょうだい」

「なに？」

「ちょっとではないわ。大分頭はいいほうよ」

なにしろ、最難関大学を首席で卒業した身ですもの。それも飛び級して。文官としてもエリートコースを邁進《まいしん》している私が「ちょっと」なわけありませんわ。そんなことを言っては私に負けた方々に失礼でしょう。

「な、なんだと!!!」

急に激昂《げっこう》したテオドールに控えていた護衛が剣に手を置くのがわかりました。

彼らは王宮の騎士。危険人物を排除するのが仕事です。いつでも動けるように先程から目を光らせていたのでしょう。

私への罵詈雑言《ばりぞうごん》を並べ立てるのはいいけれど、テオドールの様子からして、この部屋に私以外の人間がいることなどスッカリ忘れているのではないかしら。ひとつのことに夢中になるとほかが一切目に入らないところは幼い頃から変わりませんわ。何度直すように注意したことか。結局直りませんでしたけど。もう彼の尻拭いをしなくて済むというのなら婚約解消など安いものです。

その後もテオドールの聞くに堪えない暴言が続くので、「これ以上の侮辱は我が家の名誉にも関わります」と言い放ち会議室を後にしました。なにやら叫ぶ声が聞こえてきます。護衛たちも彼の言動は目に余ったのでしょう。テオドールは護衛に連行されていきます。

「おい！　ルーナ助けろ」

背後で騒いでいますが、知りません。

「聞こえないのか⁉　おい！　婚約者の俺が辱めを受けてるんだぞ‼」

もう婚約者ではないでしょう。

自分から婚約解消を宣言しておいて図々しい。

「な、なんだ？　俺をどこに連れて行く気だ⁉」

どこに連れていくもなにも王宮から叩き出されるだけです。そんなことも理解できないのでしょうか？　ご自分が部外者だと解っていませんの？

「やめろ‼　俺は伯爵だぞ!!!」

違います。伯爵子息です。爵位を継承したわけでもないのに。なにを言っているのでしょう。呆れてしまいますわ。それとも身分詐称で捕まりたいのでしょうか？

「貴様ら！　こんな真似してタダで済むと思っているのか！　父上と母上が黙ってないぞ‼貴様ら全員打ち首だ‼」

アホです。

本物のアホです。

伯爵家にそんな権限があるわけないでしょう。

バカですか。

いいえ、アホでバカな男ですわ。

自分の言っている意味を理解していないのでしょう。

自国の法律をわかっていないのでは？

国王陛下でさえ議会の承認なくして死刑などできません。まったく、貴族としての常識が欠けているとは思っていましたがここまでひどいとは……。伯爵家はひとり息子の教育に失敗しましたわね。まぁ、知っていましたわ。

「よせ！　放せ！　あがっ！　ぐぐっ……」


やっと静かになりました。

どうやらなにかで口を塞がれたようですわ。自業自得です。話のわからない動物を相手にできませんもの。護衛の判断は実に的確ですわ。それに、王宮に来ている段階で身元確認は終わっていますからね。初犯ということもありますし、厳重注意くらいですぐに帰れますわよ。もっとも、次にしでかしたらどうなるのかはわかりませんけどね。

それよりも、上司に無理を言って時間をいただいた結果がコレとは。報告書を上げるこちらの身にもなってほしいものです。

こんなバカバカしい理由を書かなければならないだなんて。情けない。

読む人によっては同情してくれる人もいるでしょうが、大半は「冗談？　それとも、新手の嫌がらせか？　この忙しい時期に！」と思うに違いありません。

「はぁ……」
深い溜息が出ました。
何だかとても疲れましたわ。
さっさと帰ってしまいたいところですが、書類がありますしね。
先送りにできない類のものばかり。
「はぁ……」
今日で何度目の溜息かしら？
幸せが逃げてしまうわ。
わかっていても溜息は出てしまいます。
とんでもない時間だったわ。
はぁぁ……。

【一日の終わり】

執務室で溜まっていた仕事をこなしていたらすっかり外が暗くなっていました。

「もうこんな時間に……」

卓上の置時計の針は二十三時を指しています。

どうやら今日は王宮に泊まるしかなさそうですね。

「ふぅ……」

今日は濃い一日でしたわ。

椅子にもたれかかると、今日の出来事が嫌でも思い出されてしまいます。

心身共に疲れ果てているのに、まったく眠気が襲ってきません。いつもなら、疲れてすぐに寝てしまうのに。


あの後、おじい様から手紙が届きました。

そこには孫娘である私に対する謝罪とコーネル伯爵家に対する怒りの言葉がつらつらと書かれており、今回の件には大層立腹されているのが見て取れます。ただ、その怒りは伯爵家そのものに向けられているようでした。もはやテオドールひとりに対する怒りではありません。おそらく、伯爵夫妻がテオドールと相手の女性との関係を認めたせいでしょう。

これればかりは仕方ないですわ。

私でさえ、こんな理由で婚約解消を告げてくるなんて思いもしませんでしたもの。貴族としてあり得ないでしょう。いえ、人としてあり得ない行為ですわ。

おじい様の手紙と同時刻にテオドールの父親であるコーネル伯爵から謝罪の手紙が届きました。

私がおじい様に事の詳細を知らせたせいでしょうね。

こういう時、家族が同じ職場にいてくれるのはありがたいですわ。伝達ミスがないんですもの。宰相執務室に「至急の用件でまいりました」と言えば、アポなしでも咎められることはありません。国王陛下の秘書としての立場を利用すれば人払いも簡単ですしね。「宰相閣下に内密のお話しがございます」と言えば、執務室にいた文官たちは色々と察して出ていってくれるのです。ありがたいことですわ。もっとも、彼らも国王秘書からの内密の話がまさか私的なものだとは思わないでしょうが……。

仕事の早い祖父は、すぐさま伯爵家に我が家の顧問弁護士を引き連れていきました。祖父のことです。テオドールが婚約期間中に何かをしでかすと想定していたに違いありませんそうでなければ、これほど早く書類を用意できるとは思えません。婚約解消を言い渡されたのは今日なのですから。たった数分で婚約解消に関する書類を用意できるはずがありませんもの。

伯爵家は修羅場だったことでしょう。それとも祖父のひとり勝ちでしょうか？　……後者が有力でしょうね。

コーネル伯爵からの手紙にそれらしきものは書かれていませんが、テオドールの不貞を何度も謝っていることから相当絞られたことは想像に難くありません。伯爵家にとってテオドールはただひとりの子供。「嫡男として伯爵家を継ぐことを許してほしい」と何度も書かれています。

……他家の跡継ぎ問題に首を突っ込むつもりは毛頭ありません。

親族でもないので横やりを入れることは越権行為でしょう。

普通に考えて、コーネル伯爵家の世継ぎに関してヴェリエ侯爵家が口出しなどできません。

おじい様は伯爵にナニを言ったのでしょうね？　知りたいような知りたくないような……。

文字の乱れ具合でコーネル伯爵の恐怖心が伝わってきます。

最後の文章など特に不穏なもので……。

【ヴ・ェ・リ・エ・侯・爵・家・の・い・い・値で慰謝料を支払わせていただきます】

震える文字で書かれていました。

おそらく、その後に続くのは「だからコーネル伯爵家を許してほしい」となるのでしょうね。

まぁ、実際書いていないのでなんともいえないのですけどね。けれど間違いないでしょう。

おじい様が動くということは下手をすると伯爵家の進退問題にも関わってきます。宰相閣下にはそれだけの力がありますから。

伯爵の気持ちはわからなくもありません。

もっとも、こちらからすれば「後悔するくらいならば、はじめから嫡男の教育を徹底しておけ」と言いたいところですが。

それに、息子の不貞行為を知った直後になんらかの処罰を下しておけば祖父も恩情をかけたかもしれませんのに。

【テオドールが婚約解消を言い出すとは思わなかった。ヴェリエ侯爵令嬢と話し合いをすると聞いていた。だから、まさか……息子が一方的に婚約を解消するとは思ってもみなかった】という文面もありました。

「バカですね」

思わず、声に出してしまいましたわ。

本当にバカです。

思ってもみなかった？　そんな言い訳が通用するわけないでしょう。テオドールは婚約解消を宣言するとともに言ったのです。「伯爵夫妻は了承している」「浮気相手に子供ができたことを伯爵夫妻は喜んでいる」と——。

「本当にバカです」

思わずもう一度言ってしまいました。

もし仮にテオドールが婚約解消を宣言していなかったとしても、遅かれ早かれ婚約は解消されたでしょう。

それとも伯爵夫妻は私が庶子の存在を認めるとでも思ったのでしょうか？　あり得ません。

いくらなんでも婚姻前から愛人と庶子の存在を了承する者はいません。

ああ。テオドールが私に会いに王宮に来た理由を伯爵夫妻は「愛人と庶子を認めさせる」と勘違いしていたのかしら？　甘いですわ。どちらにしても、伯爵夫妻の落ち度ですね。息子の教育を怠ったツケがきただけのこと。

「おじい様を敵にまわしてしまったのは自業自得です」

呆れてしまいますわ。

まさかここまで愚かだとは思いませんでした。

当事者でもない私でさえわかることを当事者である伯爵夫妻がわからないなど……あり得ないでしょうに。自分の息子のことだからと甘く見てしまうのかしら？　だとしたら浅はかですね。

「許してほしい」という文面が。

それが私には「許して助けてほしい」に読めて仕方ありません。

きっと本心では助けを求めたかったのでしょうが。

残念ながら今や、コーネル伯爵家は他人。伯爵家が潰れたところで私には痛くも痒くもない。

おじい様に慰謝料をむしり取られて没落しても同情する気は更々ございません。

婚約して十二年。

私としては「婚約期間の時間を返してほしい」と要求したいくらいです。

おじい様がこれほどまでに怒るのもそれが理由でしょうね。

テオドールに言った通り、私に「否」はありません。むしろ望むところです。婚約解消の件は、おじい様に任せていますからね。おじい様が納得する形での婚約解消となるはずです。

コーネル伯爵家は今後厳しい立場に置かれることでしょう。

＊

『テオドールにはルーナ嬢のように賢い妻が必要なのだ』

『あの子を支えてあげてちょうだい』

『君だけが頼りなんだ』

『あの子を見捨てないであげて』

在りし日のコーネル伯爵夫妻の言葉がよみがえってきます。

そもそも、私とテオドールの婚約はコーネル伯爵夫妻のたっての希望でした。

当時のテオドールは両親から甘やかされて育ったためか、我が強く自分の思い通りにならなければすぐに不機嫌になる子供でした。それというのも、テオドールは伯爵家にようやくできたひとり息子。伯爵夫人は度重なる流産の末に誕生した息子を、それはもう目に入れても痛くないほど可愛がっていました。

勉強ができなくても。

運動ができなくても。

悪戯《いたずら》をして他者を困らせても。

どんな時でも「テオドールはいい子」――

そう言っては伯爵夫妻がテオドールを甘やかし続けました。

その結果、テオドールの我儘《わがまま》に歯止めが利かなくなったのでしょう。

「コーネル伯爵家はひとり息子であるテオドールの教育を間違えた」と、彼らを知る者ならば誰もが一度は必ず思ったことでしょう。

屋敷の主人がこの調子なら、当然、使用人たちも追従するというもの。

「テオドール様は優秀で素晴らしい」と、彼を褒め称えます。

そして「テオドール様は特別だから」と、彼を特別扱いします。

周囲の言葉を真に受けたテオドールは自分が「優秀である」と思い込んでいました。

コーネル伯爵夫妻の褒め方がいけなかったのか、それとも使用人たちの対応が悪かったのか……。

それは誰にもわかりませんが、結果だけ見ればテオドールは増長する一方だったのです。

自分はなんでもできる、だから努力する必要はない。

甘やかされた結果、本気でそう思うようになったのですから笑えません。

叱られた経験のない子供は増長するという見本のようなものでした。

これに危機感を抱いたのは父親のコーネル伯爵です。曲がりなりにも伯爵家の当主。如何に息子が可愛くともコレでは跡取りにできない――と今更ながら気づいたのです。もっと早く気づくべきでした。だからといって、今まで好き放題に育った息子の軌道修正は思うように進まず、当時から優秀だと評判だった私に白羽の矢が立ってしまったわけです。

要は、優秀な婚約者をあてがって息子が成長してくれることを期待していたのです。なんとも他力本願だと当時でも呆れてしまいました。

コーネル伯爵は恥も外聞も捨て、祖父に土下座して頼み込んできたのです。それだけ切羽詰まっていたのでしょう。

あの祖父にして「伯爵夫妻の媚びっぷりはどこぞの悪徳政治家や悪辣商人よりも凄いぞ。軽蔑を通り越して逆に尊敬するレベルだ」と感心しておりました。

それにまぁ、この婚約はヴェリエ侯爵家にとっても旨味がありました。

なにしろ、コーネル伯爵家は領地持ち。それも王都から程近いいい立地にあるのです。

領地を持たない宮廷貴族が領地持ちの貴族と姻戚関係になるのは珍しくありません。

そういう点では宮廷貴族のヴェリエ侯爵家は損をしない寸法です。

早くに両親を亡くした私を育ててくださった祖父には感謝しています。

おじい様が命じるのなら私は敵国に嫁ぐことも厭《いと》いません。

たとえそれが意に沿わぬ婚約であったとしても、です。

「互いの利害が一致した婚約だったのを彼ひとりが知らなかったのでしょうね」

そう、利害が一致したからこその婚約。

一見、伯爵家に利があるように見えますが、それは違います。

伯爵家は侯爵家の後ろ盾を欲するように、ヴェリエ侯爵家も伯爵家を味方につけておきたかっただけなのですから。

おじい様としては自分になにかあった場合に後ろ盾となる大人を私に付けたかったのかもしれません。それと王都から近いという点でもなにかあればすぐに駆け付けられるという爺バカを発揮したのかもしれません。

こうして、両家の利害が一致して婚約と相成ったのです。

けれど、その思惑が外れてしまった。

「愚かなことです」

今思えば、テオドールがまだ少年といえる年齢だったからこそ祖父も婚約を認めたようなものでした。もう少し年齢が上ならば祖父は婚約を許さなかったでしょう。もっとも初対面は最

【一日の終わり】

悪の一言につきましたけどね。
私が元婚約者だったテオドールと対面したのは今から十二年前のこと。
当時、私は十歳でした。

【十二年前】

十二年前・ヴェリエ侯爵邸宅――

「初めまして、私はヴェリエ侯爵の孫娘、ルーナ・ベアトリクス・ヴェリエと申します」

「ふんっ！　いいか！　俺はお前なんか認めないからな！」

いきなりの拒否発言です。

まともに挨拶ができないアホだと認識した瞬間でした。

「父上と母上がどうしてもというから仕方なく来てやったんだ！　感謝しろ！」

私に人差し指をビシッと突きつけながら、少年はフンと鼻を鳴らしました。どうだ言ってやったぞ、といいわんばかりのドヤ顔。

周囲、特に祖父の周りの温度が二度ほど下がった気がします。おじい様から醸し出される空気は、まるで極寒の地に吹くブリザードそのもの。これは相当お怒りです。コーネル伯爵夫妻はぶるぶると震えていますし、私も少し怖いです。穏やかな笑みを浮かべたままなのが更に恐怖を煽《あお》る……。

しかし、当の本人はまったく気づいていないようです。素晴らしい鈍感さ。これで十二歳とは……。伯爵家の子息教育のレベルの低さがわかろうというもの。

【十二年前】


「あら？　認めないとはどういうことでしょう？　婚約は両家で決めたものです。どうしても嫌だと仰るなら御両親に泣いて頼めばよろしいのでは？」

「なんだと⁉」

「そもそも、この婚約はそちらのたっての希望だと伺っています」

「そんなわけあるか‼　お前が俺に惚れ込んで無理矢理婚約者になったんだろ‼」

「いいえ違います。コーネル伯爵が私の祖父に頼み込んで成立した婚約です。まぁ、両家にとって〝いい〟と判断された結果でしょうが……。お聞きになっていらっしゃらないのですか？」

「くっ！」

どうやら本当に聞いていなかったようですね。

それにしても何故、私が彼を見初めたことになっていたのでしょう？　謎です。初対面ですよ？

悔しそうに顔を歪めるコーネル伯爵子息。

たしかに黙っていれば美少年です。ただし、彼自身の言動のせいですべてを台無しにしています。人様の家で非常識な行動をとり続ける彼に一目惚れなどあり得ません。自意識過剰も大概にしてほしいですわね。「こら、テオドール！　も、申し訳ない！　ルーナ嬢……」

御子息の態度の悪さにコーネル伯爵が慌てて謝罪してきました。当然の反応でしょうね。頭を下げて、媚びへつらって、なんとか婚約に漕ぎ着けたのですもの。そんな親心をわからない子供。あの様子では一応説明はしたようですが、御子息は理解していないのでしょうね。それ以前に、格上の侯爵家に暴言を吐いていることが理解できていないようですし。貴族として致命的ですわね。この調子でほかの高位貴族にも同じ態度だったら、きっと彼の家は取り潰されてしまいますわ。

「御子息は貴族階級の上下関係を理解してらっしゃらないご様子ですわ。もしかして、まだそこまで教育が進んでいないのですか？　幼児教育で修了する内容ですわよ？　まさか、まだお勉強が済んでいないのですか？」

「なっ！　馬鹿にするな！　俺は十二歳だ！　なにが幼児教育だ‼」

「あらあらあら。では、何故、貴族階級の上下関係をご存じないのでしょう？」

「なんだと！　きっ……ふぐっ！　……っ……」

父親の伯爵に口を塞がれて、言おうとしていた暴言は吐き出されませんでした。

「し、失礼した……ルーナ嬢……申し訳ない……」

「いいえ、お気になさらずに。どこにでも無礼な輩はいますから」

伯爵は青白い顔で引きつった笑みを浮かべます。御子息の失言に胃が痛そうですわ。

伯爵夫人は硬直して動けないご様子。息子の失言にショックでも受けたのかしら？　それとも、貴族の子女にあんな暴言を吐いた息子に驚いているのかしら？　きっと両方でしょうね。

【十二年前】


報告書に書かれていた通りの人物のようです。

屋敷であれだけ暴君のように振る舞っている息子の行動パターンを理解されていないなんて……。

「なかなか愉快な御子息じゃの。伯爵がうちの孫娘を是非とも嫁にと言ってきたわけじゃ」

おじい様の言葉にコーネル伯爵の顔が真っ青になりました。

「も、申し訳ありません！　侯爵閣下！　私の息子が大変失礼なことをっ」


平謝りしてくる伯爵に同情したくなります。御子息の言動は伯爵家の恥。それ以外何ものでもありません。ああ、けれど、この状況下で白目剝いて気絶している夫人と二人三脚で歩むのは大変でしょうね。器用に立ったまま気絶している夫人がとても気になりますわ。

一方の御子息は不機嫌さを隠すこともなく、ふてくされています。

まったく、誰のために伯爵が頭を下げているのか考えつかないのでしょうか？　馬鹿な息子を持つと親は苦労するのでしょうね。

「子息はどうやら孫との婚約に乗り気ではないようじゃ。儂《わし》も無理強いさせるつもりはない。それに、そちらも嫌々婚約者にされたとあっては不本意じゃろう？　この場は一旦お開きとしようかのぉ」

「いいえ！　侯爵閣下！　そのようなことはまったくございません！　息子はルーナ嬢と婚約できたのを喜んでおります！」

「しかしのぉ。子息の態度を見るに、とても喜んでいるとは思えないのぉ」

「こ、これは息子なりの照れ隠しです！　この年頃の男子にありがちな行動でして……。御不快に思われたのでしたら申し訳ありません！　後でしっかり注意しておきますので！」

おじい様の言葉にコーネル伯爵は必死に弁解しています。

今時、幼児でもそんな態度は取りませんわ。好きな子いじめ？　バカじゃないかしら？　そんな態度は相手に不快に思われて嫌われるだけです。

「ふむ……。儂としてはそちらが是非にと申すならば、婚約の話を続けても構わんが……。ただのぉ、孫の婿殿となるならば、それなりに力をつけてほしいと思うておる。その辺り理解してくれるとありがたいのだがのう」

「そっ！　それは……勿論です」

伯爵の顔が真っ青を通り越して真っ白になりました。

「な〜〜に。今すぐとは言わんよ」

まぁ、すぐに結果を出すのは不可能でしょうに。おじい様も意地悪ですわ。

「子息は確か十二歳じゃったな」

「は、はい」

【十二年前】


「来年から王立学園に通うのじゃろう？」

「はい。その予定です」

「王立学園は寄宿制じゃ。六年の間に貴族のなんたるかを学んでくるじゃろう。嫌でも他人と関わるのじゃ。自然と協調性と身の振り方を覚えてくるのが普通じゃ。ほぉほぉほぉ。学校生活で揉まれて成長してゆくものじゃ。そう思わんか？　伯爵」

「は、はっ……はい！　仰る通りです！」

伯爵は緊張の面持ちで頷きました。

内心、どんなことを言われるのか戦々恐々としているのでしょう。

まぁ、伯爵家でまともに教育されなかった、いいえ、できなかったボンクラです。他力本願とはいえ、学校のほうが未だまともに教育するでしょう。

「ふむ。十歳の少女にできる礼儀作法をふたつも年上の少年がまったくできないのも大変問題があるのう。いやいや。王立学園の教育者には儂も伝手があってのぉ。そちらに話を通しておこうかの。子息のことはよ～～く伝えておくぞ。人としての常識とマナーを最低限は仕込んでくれ、とな」

「…………」

言葉に詰まるコーネル伯爵と、父親の顔色の悪さでなにかを察したのか、蒼白《そうはく》になる婚約者(仮)。その姿を見るとまるで蛇に睨まれた蛙のようです。

今日の様子からして、御子息の言動は日常茶飯事なのでしょう。おじい様から事前に聞いてはいましたし、報告書にも記載されていましたが実際に見ると想像以上です。

学校生活で改善されれば良し。無理なら……その時は縁を切ればいいでしょう。

ただ、伯爵の様子を見るとそれはそれで難しそうな気がします。意地でも離さないと食い下がってくるおそれもなきにしも非ず。ここはひとつ牽制しておいたほうがよさそうですね。

私は伯爵に向かって微笑みを浮かべながらゆっくりと話しはじめました。

「コーネル伯爵。私の将来の夢は祖父のような立派な官僚になることですわ。今はまだ三ヶ国語しか話せませんし、政務に関しても勉強不足ですが将来はもっと努力をして、いずれは祖父に追いつき追い越せる存在になりたいと思っております」

私が笑顔のまま話し出すとコーネル伯爵だけではなく、何故か婚約者（仮）まで呆気に取られた顔をしています。一体どうしたというのでしょうか？　ともかく、今は続けることにいたしましょう。

「そのために日々努力を重ねております。幸いなことに我が国には優秀な教師が多く在籍しており、勉学に励む環境にはとても恵まれていると感謝しております。私はいつか必ず祖父を超える逸材になるのだと心に誓ってきました。当然、夫となる方にもそれ相応の能力を求めますわ」

【十二年前】


私の話を聞いたコーネル伯爵は冷や汗を流していますし、婚約者（仮）のほうはなにを言われたのか理解できない顔をしています。ふふ、笑える程にポカンとした表情ですわね。

「そ、それは素晴らしいことだ。ルーナ嬢の優秀さは社交界でも有名だ。きっと夢は叶うだろう。そ、そうだ、テオドール！　ちょっとこっちへ来なさい！」

「え？」

突然呼ばれ戸惑っている御子息。

訳がわからないまま引っ張られ、されるがままに部屋の端に連れていかれてしまいました。

コーネル伯爵が御子息になにやらボソボソと耳打ちしているみたいですが聞こえません。よほど、私たちに聞かれたくない内容なのでしょう。

距離がありすぎてまったく聞こえませんが、御子息は苦虫を噛み潰したような表情になっております。

暫《しばら》くして話が終わったのか、ふたりはこちらへ戻ってきました。御子息は憮然とした表情です。不機嫌オーラ全開、といったところでしょうか。あらあら随分とお怒りのようですわ。なにを言われたのか知りませんが自業自得でしょう。

「ほら、テオドール」

伯爵に催促され渋々といった感じで御子息は前に出てきて口を開きました。

「テオドール・コーネルだ、さ、さっきは、す……すまな……かった。よろしく……」

あら？

先程と違って随分大人しくなってしまったわ。一体どんな魔法を使ったのかしら？

仲良くする気はないと言わんばかりの表情で睨まれてしまいましたが、謝罪だけはきちんとしてくれたので及第点としておきましょうか。まったく誠意を感じられませんが、ここでそれを指摘しても意味がありませんし、話が進みませんから。ここは大人の対応で流しましょう。

「今後長い付き合いになります。どうぞお見知り置きくださいませ」

「ふんっ！」

私の言葉に御子息はそっぽを向いてしまわれました。

それでも一応謝罪をしたという事実に伯爵はホッと胸を撫で下ろしているようですし、御子息は父親になだめられ大人しくなりました。単純というか、なんというか……。これで私よりも年上とは到底思えない言動ですが、今回はこれで良しとしましょう。

不安要素は尽きないものの、こうして私の婚約者は決まったのであります。

さて、婚約が決まってからは特になにもなく平穏な日々をすごしていました。というのも、あの後、おじい様と伯爵との間に取引と言いますか、婚約契約の見直しと言いますか、まぁ、そんな話し合いがあったようなのですが、詳細はなにも知らされておりません。

気になるには気になりますが、おじい様がなにも言わなかったので問題はないのでしょう。きっと。

これ本当に婚約しているのかしら？と首を捻りたくなる程、私とテオドールの間にはまったくなにもなかったのです。

寄宿生活に突入したテオドールは思った通り、集団生活になかなか馴染めず、悪戦苦闘しているようです。

私も大学受験に向けて色々忙しい身なので、婚約者に割く時間はほぼありません。

そうですね。

長期休暇くらいでしょうか。

それでも、婚約者として最低限の義務は果たしておりますから問題ないでしょう。

＊

【十二年前】

「ルーナ！　お前のせいで俺は恥をかいたんだぞ！」

「あら？　一体どうなさったんですか？　そんな怖いお顔をして」

私は扇子で口元を隠しながら、優雅に微笑んでみせました。

婚約して早六年。私たちの仲は進展するどころか、逆に険悪になっていく一方。私は今、大学生活を満喫しておりますが、テオドールも王立学園に通っておりますが、成績は芳しくないようです。残念なことに下から数えたほうが早いとか。しかも友人の影響を受けてしまったのか男尊女卑の傾向にあります。

「俺が王立学園で馬鹿にされたんだぞ！　お前のせいだ！」

「あらあら。どんな風にですか？　よろしければご説明いただけますか？」

「女のくせに生意気だな！　お前、俺の婚約者なんだろ！　もっと俺を敬え！　ついでに論文も手伝え！」

「バカですの？」

「なんだと！」

いけません。つい本音が。

テオドールがあまりにもバカなことを宣《のたま》うのでつい口に出ていました。ここは丁寧に注意を促すところですのに。

「よろしいですか。論文は貴男が自分でしなければならないことです。誰かにやってもらう、という浅はかな考えはお捨てください。そもそも何故、私が手伝わなければいけませんの？ご自身のお力でおやりください。そのような些末事《さまつごと》、婚約者である私に助けを求めるなんて……みっともないですわよ？」

「ちっ！」

ガラが悪いですわ。

これが伯爵家の嫡子とは情けない。

【十二年前】


王立学園に入学して暫くの間は、テオドールの言動もマシになっていましたのに。それがいつの間にかドン引きするレベルに悪化していました。

どれだけひどいのかと言うと――

『お前！　俺の婚約者だろ！　だったら、俺の言うことを聞け！』

『女は男を立てるものだろ！』

『俺の婚約者なんだから、もっと愛想よくしろ！』

等々。暴言が出るわ出るわ。

ただ、昔と違って少々知恵を付けたのか、コーネル伯爵夫妻がいない時にしか言いませんでした。

私も大学生活とコーネル伯爵領地の経営に忙しいので伯爵夫妻に逐一報告することはしませんでした。それで彼が調子にのってしまったのかも……。王立学園でも評判のよろしくない人たちと親しくしているようですし。彼らから悪い影響を受けているのは間違いないでしょう。

思い返してみれば、彼とは最後まで婚約者らしいことはなにもしてこなかった気がします。

まぁ、所詮は利害が一致した貴族同士の婚約。

一種の契約のようなものです。

そこに愛は必要ありません。

ですが、契約なのです。

契約不履行は契約違反。
信用問題に発展するのは当然です。

【王宮出仕】

そういえば、王宮で働くことが決まった時もなにかと煩《うるさ》かったですわね。

あれは確か、私の出仕が決まったばかりの頃。

「どういうことだ!?」

人様の屋敷にアポも取らずに押し入った挙句、挨拶もなしに文句を言われました。まったく。アポなし訪問だなんて。他家ではやっていないでしょうね。これ以上、恥を晒《さら》すのは止めていただきたいわ。

テオドールは眉を吊り上げ、血走った目で私を睨みつけてきます。

「何事ですか?」

「お、お前! 王宮に出仕するとは本当なのか!?」

「ええ。そうですわ」

「な、な、な……」

言葉にならない声を発して、テオドールはワナワナと震えはじめました。

「お、女のくせに働くだと!?」

「なにか問題でも？」

「ふざけるな！」

テオドールは顔を真っ赤にして、今にも頭から湯気が出そうなほど憤っています。

「俺の婚約者が外で働くだと⁉　許さん！」

「貴男の許しは必要ありません」

「なっ！」

「なにを驚いているのかは知りませんが、これに関しては両家の許可は取っています。おじい様は喜んでいますし、コーネル伯爵も素晴らしいことだと仰っていましたわ」

「ち、父上が……？」

自分の父親が賛成していると知らなかったようです。

コーネル伯爵から直に聞かなかったのでしょうか？　もしかして文章で知らせたのかもしれませんね。それで勢いで侯爵邸に押し入ってきたと。

「いや、だがしかし……」

テオドールは、まだなにか言いたげですが、なにをどう言えばいいのか自分でもわからなくなってきた様子。コーネル伯爵は自分と同じ考えだとばかり思っていたのでしょう。本音は違うのかもしれません。おじい様の不興をかいたくないだけなのかも知れませんが、今のところは、賛成意見です。ご愁傷様。貴男の味方はいないも同然なんです。

「納得してくださいましたか？　では、もうお帰りください」

私は有無を言わさずテオドールを屋敷から追い出しました。

屋敷に来た当初の勢いは削がれていましたので、割とすんなりと帰ってくれましたわ。玄関まで誘導した執事と、暴れたりしないようにテオドールの背後に護衛を二名付けて見送りましたが。

その日の夕方、コーネル伯爵から謝罪の手紙をいただきました。

長々と綴《つづ》られた文章の最後に「息子を反省させる」と締めくくられていましたが、テオドールが本当の意味で反省するとは思えません。伯爵もそれがわかっているでしょう。謝罪の手紙と共に有名店の菓子を贈ってこられました。謝罪の品でしょう。この菓子は、数時間並ばないと手に入らないことで有名です。並ばされた伯爵家の使用人には気の毒ですが、美味しくいただきましたわ。

コーネル伯爵の叱責のおかげでしょうか。テオドールの突撃はなくなり、私は予定通り、王宮への出仕がはじまったのです。元々そういう約束でしたからね。テオドールはその時のことを覚えていないのでしょう。

私の王宮での仕事は順調そのものでした。

それでも色んな人たちがいますからね。嫌な目にもあいます。

女だからと侮られることもありますし、若いからと下に見てくるバカも多いこと。

頭の固い高官を言い負かした時など痛快でした。後で先輩に叱られてしまいましたが。

「目を付けられたらどうするの。ああいう連中はね、適当に相手をしておけばいいの。反論して勝ったところで意味ないんだから。これから先、ずっとネチネチ絡んでくるわよ」

「嫌がらせをされるということですか？」

「そう。勿論、あの手の連中が表立ってなにかしてくることはないわ。仕事面でソレをすれば罰せられるのは自分たちだって理解してる。だから裏で足を引っ張ってくるの。息を吸うように嫌みを言うし。ねちっこいのよ」

「……」

先輩は、心底めんどくさそうに顔をしかめました。

同じ秘書課の先輩で私を指導してくださる方で、厳しいですが面倒見のいい尊敬すべき人です。その先輩がここまで言うとは……。

これでも私は高位貴族。

貴族同士のあれやこれや、足の引っ張り合いは慣れっこです。

高官の方も貴族出身でしたし、どう用心すればいいのかは理解しているつもりです。おそらく、私はそういった表情をしていたのでしょう。先輩は大きく溜息をつくと、つぎの瞬間、キリッとした表情で私の肩を掴みました。

「いいこと、これは大事なことなの。本当ならもっと後から教える予定だったんだけど、貴女って妙なところで危なっかしいから前倒しするわ」

「先輩？」

「これから貴女には、ある対処法をマスターしてもらうわ」

「対処法、ですか？」

「そうよ。いい？　その対処法というのは――――」


その後、私は先輩からある対処法を教え込まれたのです。

対処法というか、撃退法というべきか。はたまた敵前逃亡と表現するべきかは判断に困りますが。要は、相手を酔い潰して逃げろ、というものでした。先輩はコレで難を逃れてきたと言っていましたので効果はあるのでしょう。実践してみなければわかりませんが。

ただ、問題はほかにもありました。

それは、私もお酒を飲まなければならない、ということです。「飲めない」は許されませんでした。

＊

「さあ、飲みましょう」

食事に誘われて来てみたら、そこはレストランではなく、パブでした。

男性が出入りする大衆向けのものではなく、女性でも入りやすい造りの店です。オシャレなカフェだと言われたら信じてしまう外観。色とりどりの花が店先に並び、店内は白と黒を基調とした落ち着いた雰囲気です。客層は若い人、というよりも女性ばかりです。これは一体……？

男性客がひとりもいないことを疑問に思っていると、先輩が教えてくれました。

「驚いたでしょう？　ここは女性専用のパブなの」

「そうなんですか？」

「ええ、それも会員制のね。身元が確かな人ばかりよ。そうでなければ入会できないところなのよ」

だから安心だと、先輩は付け加えます。

パブは男性客でにぎわっているイメージがあるのですが。

最近は女性も利用しているとは聞きますし、私の偏見ですね。反省しなければ。

「さあさあ、飲むわよ！」

いつの間にかビールジョッキを片手に持った先輩。それ、いつ注文したんですか？　謎です。

そうして手渡されるビール。

「いいこと、お酒は社会人には必須アイテムなの」

「はあ……」

一体なにを言い出すのでしょう。もしかして酔ってます？　ビールジョッキの中身は半分減っていますし。本当にいつの間に飲んでたんですか？

「飲まなければいけないの」

「はあ……」

「だから飲む。ほら、貴女も飲みなさい！」

「先輩、私、アルコール類は……」

苦手なんです、と続くはずの言葉は、先輩に遮られました。

「私の話を聞いてた？　飲む必要があるって、言ったわよね？」

「はい……」

「苦手でもなんでも飲まないといけないの。働きはじめたばかりだから今はまだそういう場には呼ばれていないけど、いつかはそういった場に呼ばれるようになるわ。その時にお酒が飲めないと困るのよ」

「断われないんですか？」

素朴な疑問でした。

強制は良くないです。

「断われるわ。でも、それを理由にネチネチと絡んでくるのよ。対処法を教えたでしょう。忘れたの？」

「覚えています」

「なら、わかるわね」

先輩の目が据わっています。

私に「はい」以外の返事はできませんでした。雰囲気的に逃げられませんでしたし、これは対処法を学んでも逃げられない場面です。「逃げられないこともあるのよ」と言っていた先輩本人が私を追い詰めてくるのですから、たまったものではありません。ひどい詐欺にあった気分です。

結果として、私のビールジョッキはなかなか減ることはなく、先輩は「初心者向けのコースからはじめましょうか」と言い、甘いカクテルからの修業がはじまったのは言うまでもありません。

酒の席での撃退法は専ら相手を酔い潰すことでした。

相手のグラスに酒を注ぎ込み続ける作業。それでも絡んでくるようなら急所を潰して逃げろ、と教え込まれました。

先輩いわく、「酒の席での失敗が一番弱みになる」とのこと。

だからこそ、一番用心しなければならないとも……。

言葉を濁していましたが、過去のあれこれがあるのは嫌でも想像がつきます。失敗、と言っていましたが、なんらかの罠にかけられて消えていった人たちもいたのでしょう。

「酒の席での失敗は後々まで尾を引く」と先輩は告げます。

「飲めないと、教えてあげる、と言葉巧みに誘導してくる者もいるの。私も貴女も女だから特に、ね」

性犯罪の被害者にならないように気を付ける必要がある、とのこと。

酒の席でのことで、立証するのが難しい上に、それをネタに脅迫されるケースは、実際にあるそうです。

私の場合は高位貴族なので、そういった意味で狙われる可能性は高いと忠告を受けました。

独身男性の場合は「責任をとって結婚する」とか言い、本当はそれが目当て。宰相の孫娘なので、政敵たちからもターゲットにされやすい、とも。

ただ、狙うにしても宰相を敵にまわす覚悟をもっている人は稀《まれ》なので、そこら辺は大丈夫だろうというのが先輩の見立てでした。

こうしてはじまったお酒修業ですが、カクテルからシャンパン、そこからワインへと進み、気が付いたら私も立派な酒好きに進化していました。

いつしかワイン通で知られるようになり、国王陛下からも「これほどワインの味がわかる者も稀だ」と褒められ、度々、陛下主催のパーティーや晩餐会に招待されるようになりました。ワインで有名な店に共に行くことも……。お酒って怖いですわね。飲めるだけで人間関係が良くなるなんて。国王陛下との交流も増え、今ではプライベートで一緒に飲むことも。秘書の枠を超えているように感じますわ。まぁ、陛下がワイン好きだからこそなんですが。ええ、本当になにがプラスに働くかわからないものですわね。

【とある騒動】

「ここはワインを専門に扱っている店だ。物好きな趣味人たちが集う宴だな」

陛下は、「ワイン好きばかりが来る店だ」と仰います。

ええ、それは間違いないでしょう。

この店、『ビティス』はワインで有名です。

我が国だけでなく、近隣諸国、はたまた遠方の国にも名をとどろかせている名店。

王国でも限られた者たちしか入れません。

「陛下、本当に私でよろしいのですか？」

「勿論だ」

ニコリと微笑む陛下。

今日が陛下にとってプライベートだからでしょうか？　普段はなかなか見せない、柔和な微笑みです。

私にとっては半分仕事みたいなものですが。

「さあ、入ろうか」

陛下にエスコートされ、お店に入りました。

出迎えてくださった感じのいい店員さんに案内され、奥へと通されていきます。

店といっても元は貴族の屋敷。建物は古く、内部の隅々までこった造りで歴史を感じます。彫刻や絵画等も飾られており、芸術的にも素晴らしい。

「こちらになります」

通された部屋は、広くもなく、狭くもない。ちょうどよい広さでした。

ガラス張りの窓際。外の景色を一望できます。

「いい眺めだろ？」

「そうですね」

陛下の言う通りです。

こんな景色を見ながらワインを嗜むのも風情があります。

部屋には五組の客がいました。

皆さん、楽しそうです。

そして思った通り、年配の方ばかり。

この店に出入りする客の中にも若い人はいるでしょうが、この部屋の客層は、年配です。

もしかすると陛下のためでしょうか？　若い人だとなにかと話題になってしまいますし。店側の配慮なのかもしれませんね。

私たちが席につくと、早速ワインが運ばれてきます。

【とある騒動】


「さあ、飲もう」

「はい」

陛下が注いでくださったワインを口にしました。

おお……。さすがは名店。さすがは『ビティス』です。ワインの芳醇《ほうじゅん》な香りと味に思わず唸ってしまいそう。

「美味しいですね」

「ああ、そうだな」

陛下も満足気です。

それから私たちは他愛もない会話をしつつ、ワインと食事を楽しみました。

ワインで有名な店ですが、料理も絶品です。

陛下が仰るには創作料理だそうです。

「この店が出す創作料理は、我が国でも珍しい」

「確かにそうですね」

陛下が仰る通りです。

他国の料理をアレンジした料理の数々。食べたこともない料理ですが、使われている素材は我が国のものばかり。

最初に食べた前菜は、生のサーモンが使われていたのです。あれには驚きました。サーモンを薄く切って花の形にしてあったのです。あれを一目でサーモンだとわかる人はいないでしょう。陛下は「それはサーモンだ。それも生のな」と笑って教えてくださいましたが。魚を生で食べるなんて、この国ではあり得ません。いえ、他国では生で魚を食している国があることは知っています。貿易相手国の中に、そういった文化を持つ国が幾つかありました。ですが、まさか自分が食べることになるなんて、思いもしませんでした。

料理が美味しいと、ワインも進みます。

陛下も、いつもよりグラスが進んでいらっしゃいます。

「この店のワインは格別だ」

だから飲みすぎてしまう、と仰る陛下。

その気持ちは理解できます。

和やかな時間が流れていた時に、それは起こりました。

「なによ、これ⁉　メチャクチャまずいじゃない！」

突然、若い女性の甲高い声が部屋に響きました。

「全然、美味しくない！」

店中に響く大きな声。

「まずい！　まずい！」と連呼する女性の声に、部屋中の客たちが眉をひそめます。

この部屋のお客ではありません。

別の部屋から聞こえてきます。

不愉快極まりない、とばかりの表情の客たち。

陛下も、「なんだ？」と不快そうに顔をしかめています。

「見てまいりましょうか？」

「いや、店の者が対応するだろう。わざわざ出向くまでもない。私たちが行けば逆に騒ぎが大きくなってしまう」

「それはそうですね」

陛下の仰る通りかもしれません。

暫くすると、「お騒がせして申し訳ございません」と、店員が謝罪にやって来ました。

きっと、ほかの部屋にも謝罪して回っているのでしょう。

「ご迷惑をおかけいたしました」

そう言って謝罪する店員に陛下は「私は気にしてない。それよりも料理もまだ途中だし、仕事に戻ってくれたまえ」と仰います。

陛下のお言葉でほかの客たちも少し落ち着いたようです。

けれど……。

あの女性、なんだったのでしょうか？

私の疑問をほかの客も感じていたようです。

「なんだったんだ？　あの女」

「さあな」

「ワインがまずいとか、この店を馬鹿にしてるんじゃないか？」

「まったくだ。ここのワインがまずいわけがないだろ。舌が狂ってるのではないか？」

そんな声がチラホラと聞こえてきます。

確かにそうですね。『ビティス』のワインが美味しくないわけがありません。

陛下も不快そうに眉をひそめていますし。

「あの噂は、どうやら本当のようね」

「噂？」

「ええ、ここ最近、若い子世代の風紀が乱れているという話よ」

「ああ、あの……」


「高位貴族出身でもマナーの悪い子が増えてるわ。嘆かわしいことにね」

ご夫人の会話が嫌でも耳に入ってきました。

「大方、親の名前で予約したのでしょうね。普通の貴族令嬢ならば、あのような態度はしないでしょうけど……」

「下位貴族は野心家が多い。先程の声の女性も、どこかの下位貴族の令嬢だろう」

「そうでしょうね」

「と、なると……予約を入れたのは高位貴族の男か」

「可能性は高いわ。この店は、女性はひとりで入れませんもの。必ずエスコートする男性が必要よ。その男性と、ふたりで来たのでしょう」

「なるほどな」


そんな会話に陛下は呆れていらっしゃいます。

あり得る話なのでしょう。

この時、何気なく聞いた会話の内容が、自分の婚約者にも当てはまっているとは、想像もしていませんでした。

のちに、常識が欠落した世代、と呼ばれることになる彼ら。

その一端をテオドールが担っているなんて、この時の私にはわかるはずもなかったのです。

【とある結婚式】

秘書課。

この部署の上司は国王陛下です。

ですから、陛下の補佐役のようなことも務めます。

例えば、貴族が結婚式を挙げる時は、陛下の名代として式に出席することもあります。

これがまた面倒で……。

ええ、現在進行形で結婚式に参加している私です。

式だけで帰りたかったのですが、そうもいかないのが世の常。

披露宴の参加も秘書の仕事です。

それというのも——

ガシャン！と大きな音を立てて、グラスが割れるのと同時に、「この役立たずが！」と、男性の罵声が会場に響きました。

私が声のするほうに視線を向けると、そこには真っ赤な顔をした年配の男性。フラフラと足元が覚束《おぼつか》ない様子。どうやら相当酔っているようですね。

「お前のせいで！」

年配の男性は怒り心頭の様子で花嫁の方向に向かっています。

ああ……うん、これは面倒臭いことになりましたね。

「お前にどれだけの金をつぎ込んできたと思っている！」

「え？　あの……お、お父様……？」

花嫁は突然の出来事に、困惑しています。

年配の男性は花嫁の父親のようです。嫌な予感が的中した瞬間でした。

「あの方に頼んでお前を入内《じゅだい》させる予定だったんだぞ！　なのに……こんな男と結婚だと⁉ふざけるな！　私は認めないぞ！」

「あの……お父様？」

「お前を入内させるために、私は多くの金を使った！　それをお前は……！」

訳がわからず困惑している花嫁は、酒に酔って激昂している父親になにも言えない様子。

「まあまあ、落ちついてください」

騒ぎを聞きつけてやってきたのは新郎側の親族たち。

花嫁の父親を宥《なだ》めていますが、彼は怒り心頭で聞く耳を持っていません。完全に酔っていますからね。聞こえていない可能性もあります。

それにしても、この結婚は陛下が認めたもの。

同じ伯爵家同士の結婚です。私と違って恋愛結婚だと聞いていますが？　確か、幼馴染の初恋同士だとか……。貴族では珍しい結婚だと思っていましたが、そうですか。親は反対していたんですね。父親が入内を狙っているだけあって、花嫁は美人です。儚《はかな》げな雰囲気で、庇護《ひご》欲《よく》をそそるタイプ。十分、後宮で戦えるだけの美貌は持っています。父親が「娘を妃に！」と躍起になるのもわかります。陛下の寵愛《ちょうあい》を得られる可能性はありますもの。

私があれこれと考えている間にも、事態は進んでいきます。

「お前は私の言うことを聞いてればいいんだ！」

躊躇《ちゅうちょ》なく振り上げられた父親の手は、花嫁の頬を打ちました。

「きゃあ！」

花嫁は悲鳴とともに床に倒れてしまいました。

花嫁の父親の暴挙に、周囲が騒然とし、これ以上の暴挙を許すまいと新郎側の親族が父親を羽交い締めにして、押さえ込みます。

花嫁はショックで立ち上がることもできない有り様です。無理もありません。花婿が花嫁に駆け寄り、抱きしめています。来るのが遅いですね。もっと早く来い、と言いたいです。花嫁は叩かれたじゃありませんか。まったく。細身の優男の花婿に強面の父親を押さえ込むのは無理なのかもしれませんが。なんだかモヤモヤします。花嫁を守りきれていないというか、反応が遅すぎるというか。言語化できない、と思いながらグラスの中のお酒を飲み干しました。

会場はカオス状態。

花婿の胸に顔を埋めて泣き続ける花嫁。

羽交い締めにされて喚き続ける父親の叫び声。

会場の警備員も集まりはじめて、一触即発の空気です。

「飲まなきゃやってられません」

私が座っているのは特別席。陛下の名代で結婚式に参加しているので当然といえば当然なのですが。ええ、特別席は今日の主役たちに一番近い位置にもうけられたのです。私としては普通の来賓席でよかったのですが……。無理でしたわ。

花婿側が「陛下の名代なのですから」と、この席を指定してきたのです。どんな罰ゲームなのかと思いましたわ。そうでしょう？　まったくの赤の他人が高砂《たかさご》のすぐ横の席に座っていて、しかもこの席は主役たち同様にほかの客たちと向かい合う形になっているんですもの！

つまり、客たちから私はよく見えているということです！

こんな修羅場の中で。

貧乏くじもいいところです。

私はグラスにワインを注ぎ、この不穏な披露宴を最後まで見届けたのです。

……これが仕事ですから仕方ありません。

＊

散々な結婚式でした。

乱闘騒ぎ待ったなしの状況で、流血沙汰だけは避けられましたが。

結局、父親は警備員に取り押さえられて連行されていきました。花嫁は、連行される父親の姿にショックを受け、そのまま意識を手放してしまい、花婿が慌てて抱きかかえて退場。

残された親族たちが平謝りと後始末に奔走する羽目になりました。こればかりは仕方ありません。とはいえ、花嫁の父親が醜態を晒した後なので、皆さんある程度は理解されているようで……。

「あ、これはなにかあるな」と感じていたようです。

「花嫁側の反対を押し切ったのか。まあ、しょうがない」「酒も飲んでいたことだしな。鬱憤が出たんだろう」「あの父親じゃあな。横柄な態度は娘にもか」などと、小声で話していましたから。元から評判の悪い父親だったようです。

後日談として、あの父親は暴行罪が適用され、逮捕されたようです。

花嫁の父親が逮捕。

被害者は花嫁。

そうですか。示談にしなかったのですね。

まあ、披露宴を滅茶苦茶にした張本人ですし。花婿側が許さなかったのでしょう。

そして、結婚式から数日後。

花嫁の父親は横領罪で投獄されていました。

財務官だったのですが、当然、今回のことでクビ。

伯爵家の当主の座も親族会議の結果、遠縁の男性が継ぐことに。

この男性はかなり優秀で、伯爵家を盛り立てていくでしょう。

花嫁は実家に思い入れはないようで、伯爵家を継ぐ権利を快く遠縁の男性に譲ったとか。

これで良かったのか、悪かったのかわかりませんが、伯爵家が納得のいく形で収まったのは良かったと思いますよ。ホントに。

＊

「それでは、今回の一件が無事に片付いたことを祝って、かんぱ〜い！」

「「かんぱ〜い！」」

先輩の乾杯の音頭で、その場は一気に盛り上がりました。

ここは王宮にある秘書課の一室。

私たちが休憩に使うための部屋。

通称『憩いの場』。

「それにしても、今回は簡単に終わって良かったわね。花嫁には気の毒だったけど」

「そうですね」

先輩の言葉に、私をはじめ、皆さんも頷くしかありません。

「こう言ってはアレだけど、タイミング的には良かったのよね」

「ですね」

そうなのです。

あの元伯爵の横領の証拠は、かなり前から掴んでいました。

ただ、どれも小規模なものばかり。どれも、辞任に追い込むほどではありません。気づかれて隠蔽工作をされたらそれこそ目も当てられない。なにしろ、もみ消せる範囲内の〝やらかし〟。そこはやはり、貴族なのだと感じさせられました。腐っても貴族。現役の伯爵です。事を荒立てれば反発は大きいでしょうし、こちらとしても下手に動くことはできませんでしたから。

しかし、今回は暴行罪で逮捕。

これを機に、便乗させていただきました。

「上手くいって良かったです」

私の言葉に、「ホントホント」と皆さんは頷いています。

実は、元伯爵の言動がここ最近特におかしかったので、監視していたのです。もっとも、本格的な監視はプロが行っていましたが。そんな中、執り行われた結婚式は渡りに船だったことは否めません。陛下の名代で参加していたのは私ですが、そのお付きとして先輩たちも出席していました。

ただし、先輩たちは私と違い、普通の来賓席に座っていましたけど。ひとりくらい私と一緒に高砂に座ってくれても良かったのに。全員に断わられましたわ。「役割が違う」「私たちは付き人なんだから無理よ」「陛下の名代とは立場が違うの」と言われました。正論を言われると反論しがたいものです。

先輩たちの役目は、監視対象を酔い潰して情報を聞き出すこと。

「プライベートでの酒のほうが酔いやすいのよ。あの人、妙にガードが堅いし。こんなチャンスめったにないわよ」と、息巻いていた先輩の読みは正しかったことが証明された一件でした。

まさか、こんなに上手くいくなんて……。

傍観者に徹していることが私の仕事でした。なにしろ、後の報告書をあげるのは私でしたから。

元伯爵も酔って人生の転落に陥るとは思いもしなかったことでしょう。自業自得ですが。

花嫁いわく、「昔の父は優しかった」らしいですが、昔と今は違います。「母を亡くしてから父は変わりました」とも言っていましたね。元伯爵を知る者は「昔と様変わりした。まるで別人だ」と口を揃えて言っていました。

奥様が生きていたら違ったのかもしれません。今も優しい人だったのかも……。ですが、妻に先立たれた人は彼だけではありません。ほかにもいますからね。その人たちが全員、犯罪を犯すわけじゃありませんし……。

人とは容易に変わるもの。

きっかけさえあれば、ということでしょう。

そう思っていたのです。

まさか、元伯爵が薬でおかしくなっていたなんて。

誰も想像すらしていませんでしたから……。

この一件に、ある伯爵家が深く関与していたことも。

私たちはまだ知らなかったのです。

【マニュアル】

つらつらと昔を思い出してしまうのは今日の出来事があったからでしょう。

ああ、そういえば、こんなこともありました。

あれは一年前の、春先。

「とち狂った連中の相手も楽じゃない」

「まったくです」

先輩がボヤく気持ちもよくわかります。

「これだから最近の若い連中は！」と先輩は叫んでいますが、私も先輩も十分、その若い連中の区分に入ってますわ。年齢的には。それでもまぁ、先輩が叫びたくなる理由もわかります。

「まあ、貴族の子弟が変な方向にぶっ飛ぶのは別にいいわ。ただね、他人に迷惑をかけない方向でお願いしたいのよ。まったく」

「ええ、本当に」

最初にソレを聞いた時は「なにが、どうして、そうなった？」と本気で頭を抱えましたから。

今、思い出しても頭痛がしてきます。

さすがになにかの間違いか、もしくは盛って話しているのでは？と思ったのですが……そんなことはまったくなく、すべて事実という悪夢。

婚約者の令嬢に濡れ衣を着せて婚約破棄。当然、令嬢の家は大激怒。泥沼の裁判劇。浮気した挙句に婚約者の女性に濡れ衣を着せて婚約破棄宣言をするのは悪質だと、社交界でも大顰《だいひん》蹙《しゅく》。


「普通に婚約解消すればいいものを」

「公衆の面前でやったのはまずかったよね」

「まずい、なんてもんじゃないわ」

「なんでこんなバカなまねをするのかな？」

「自分じゃなくて相手側の有責で婚約破棄したかったらしいわ」

「自分たちは悪くないって？」

「そう。真実の愛だからって。騒ぐ騒ぐ」

「なにが真実の愛よ。性欲に負けただけじゃない。どうしてこの手の話は後を絶たないのかしらね……」


そうなのです。

一度や二度ならともかく、こう多いと。

問題を起こす人たちが学生に多いのも気になります。

「どう見てもハニートラップとしか思えないものばかりよ」

「相手の女性も貴族出身ですよね？」

先輩の言葉に、同僚のひとりが疑問を口にします。

「ええ、そうよ」と先輩も頷きます。

「貴族のご令嬢がハニートラップなんてするでしょうか？」

「するわよ」

同僚の質問に即答する先輩。

「え？　でも……」

「本人的にはハニートラップをしたって自覚は薄いかもしれないけどね。第三者から見たら、そうとしか思えないでしょう。下位貴族の令嬢が高位貴族の縁組を破談にしたんだから。愛し合っているから、とか。親が勝手に決めた婚約者なんて関係ない、なんて言っている段階で終わってるわ。自分がその後釜に座ろうとしてる時点でね。高位貴族側からすれば、たまったもんじゃないでしょうよ。下位貴族の令嬢を息子の嫁にしたってメリットなんかないし……。よっぽどの資産家か、婿入りか、相手の令嬢になんらかの付加価値があるか、じゃないと高位貴族が下位貴族と縁組を結ぶなんて考えられないわ」

「そういうもんなんですね」

先輩の言葉に納得する同僚。

「まあ、貴族の結婚なんて家のための政略結婚が当たり前ですからね」と、私も口を開きます。

「政略結婚が嫌なら、貴族やめるか、家から独立しろってね。もっとも、そんな気概のある男は稀だろうけど」

かなり辛辣な言葉ですが、先輩の言うことには一理あります。

「おかげで、アホすぎるマニュアル本なんかを作成する羽目になったんだし、文句のひとつやふたつ、言いたくなるわ」

「あはは……。作るのは総務でしたっけ？」

「各課で分担して作るそうよ。最終確認は秘書課で決まったわ。私たちも忙しいのに、まったく」

先輩はゲンナリしていますが、貴族の教育の根本的な見直しをするいい機会かもしれません。

立場を弁《わきま》えるのは貴族社会で生きていく上で重要なことです。

階級社会においての身分の重要性と役割。義務と責任。

高位貴族と下位貴族の境界線について。

それがここ最近で曖昧になってきていると。

私が学生の頃はまだマシだったと記憶しています。

少なくとも婚約者が居ながらほかの女性と関係を結ぶのは不道徳とされいてましたし、その逆も然《しか》り。

野心家の下位貴族は多いものの、彼ら彼女たちはそれなりに節度と常識を持っていました。弁《わきま》えた言動をしていらっしゃった。

世代が違えば価値観も違いますものね。困ったものです。ただ……

「マニュアル本ができても、それを理解してくれるかどうかは本人次第ですけれど……大丈夫でしょうか？」

「問題はそこよね。でも、やらなきゃいけないことだから、やるしかないわ」

「ええ。そうですね」

こうして出来上がった貴族の結婚に関するマニュアル本は、各家に配布されました。なかなかのページ数になったのですが、これでもかなり頑張ったほうです。

恋に恋する子弟の多いこと。

どんなお花畑思考ですか！と叫びたくもなります。

実例とその結末。問題点と対策法まで書かれたマニュアル本。

若気の至りというにはひどすぎる内容です。

浮気相手に貢ぎすぎて借金まみれ。

慰謝料を払いたくないばかりに、あろうことか婚約者を亡き者にしようと画策。ああ、なかには毒薬を用意した男性までいます。ああ、浮気相手に唆されてしまったのですね。その逆バージョンまでありますわ。
二股どころか、三股、四股、五股と。コチラ最終的に浮気相手のひとりにめった刺しにされていますわ。青春のすべてを捧げたのに捨てられたのですもの。恨んで当然ですわね。

文官たちはドン引きしながらマニュアル本を作成していました。
気持ちはわかります。まともな人間なら絶対にしないような行動ばかりですから。
マニュアル作成の場はお通夜同然でした。

『これ、もう犯罪じゃ……』
『詐欺？　犯罪教唆？　どっち⁉』
『これ、現実に起こったの⁉　嘘だろ⁉』
文官たちは逮捕案件では？と頭を抱えながら作成していました。
婚約にまつわるアレヤコレヤ。
笑って済ませられない被害の数々。
個人を特定されないようにしていますが、わかる人にはわかりますからね。
『あ、これ……あの家の子じゃ……』
『あいつの妹かよ……』

【マニュアル】

『おいおい、これあいつの息子……どうりで見かけなくなったと……』

どうやらお知り合いがいたようですね。お気の毒に。知りたくなかった、と呟く声があちらこちらから聞こえてきます。

『どんな顔して友人と会えばいいんだ？』

『知らないフリしかないだろうな』

『ああ。それしかない』

皆さん真っ青な表情ですが、手の動きは止まりません。さすがはプロ。心の葛藤とは裏腹に、手はしっかりと仕事をこなしていきます。

『うちの子供の学校は大丈夫か？』

『寄宿舎だからといって安心できないのだな』

『我が家は子供の自主性を重んじてきたが……考え直す必要がでてきた』

『私もだ』

悲壮感に満ち溢れた実例もあったようですわ。

王宮に勤める者は貴族が多いですしね。

こういってはあれですが、貴族社会は狭いのです。知り合いや友人、また友人の兄弟や子供たちと。

知りたくないことまで知ってしまって項垂《うなだ》れる者が続出しましたが、これも仕事と早々に割り切ってくださったようなによりですわ。ご苦労様です。

先輩も「猿でもわかる文章にしないと！」と、息巻いていましたから、かなり読みやすいものになったと思います。その分、ページ数が増えたとも言いますが。

貴族社会で生きる者たちの必需品となったのは言うまでもありません。

これで少しでもアホな貴族が減ることを祈っていたのですが……まさか、自分がその当事者になるとは夢にも思いませんでした。

被害者側として――

【酒の力】

コンコン。

「どうぞ」

私が扉に視線を向けながら声をかけると、ある重要人物が部屋に入ってきました。

シュタイン王国の国王、ヴィルヘルム・アウグスティヌス・シュタイン陛下その人です。

「一区切りせぬか？」

「陛下がそう仰るのでしたら、休憩にいたしますわ」

私は執務机から離れ応接ソファーに移動します。この執務室は私個人が使用していますが、国王の執務室と実は繋がっています。秘密通路というほどではありませんが、関係者以外は知らない通路があるのです。これは機密保持と防犯のためのもので、気楽に普段使いされている陛下には物申したい今日この頃。

それはそうと……。

私はテーブルを挟んだ向かい側の席に座っている人物へ視線を移しました。

ヴィルヘルム国王陛下。

今年で三十五歳になられる陛下は、プラチナブロンドの髪を短く切りそろえた、彫りの深い整った顔立ちの美丈夫。若い頃から女性に騒がれていただけのことはありますわ。今だってソファーに向かうだけの私をエスコートしてくださいましたし。実に自然で、そのスマートな身のこなしが未だに若い女性からの支持を集めている要因でしょうか。

国王陛下は、優しく微笑みながら私に労いの言葉をかけてくださいました。

「ルーナ嬢は働き者だな。優秀な部下がいるのはありがたいことだ。実によくやってくれている」

「勿体《もったい》ないお言葉にございますわ」

こういった細やかな気遣いができるのも陛下の魅力です。

ソファーで寛いでいる姿を見ると、とても一国の王とは思えない態度ですけど。こうしたプライベートな姿を晒すのはごく親しい者たちの間だけ。私の場合、亡き父が陛下の側近を務めていた縁で、目をかけていただいております。私が幼い頃などはお忍びで屋敷にいらっしゃっていました。その時は、紳士的なお兄様だと思っていましたからね。まさか国王陛下とは夢にも思いませんでした。若くして即位された陛下は私の父を実兄のように頼りにしていたとか。

「聞いたぞ、婚約を解消したそうだな」

開口一番に切り出してきたのは私の婚約解消について。

陛下の耳にも入っていたのですね。

婚約解消の件については既に王宮には報告済みなのですが、陛下自身から聞かれるとは思いもよりませんでした。小さい頃から知っている陛下の、私の心中を慮《おもんぱか》っての発言なのかもしれません。なにかと気にかけてくださるのですが……ちょっと心配性で過保護なところがありますわ。私はもう子供ではないのに。

「はい、色々とありまして」

「ふむ……その割に嬉しそうに見えるのは気のせいかな？」

どうやら無意識に顔に出てしまっていたようですね。

いけません。一応、婚約を解消された身の上。少しは悲壮感を漂わせておいたほうがコーネル伯爵家との交渉場で会う時は有利に働くはずです。気を付けなければ。

「申し訳ございません。私自身驚いておりますのでコメントは控えさせていただきます」

「ククッ。まぁ、そういうことにしておこう。もしや落ち込んでいるのやもと案じて、コレを用意したのだがな……不要であったか」

陛下が懐から取り出したのはワイン。

それもかなりの年代物。

「とっておきの赤ワインだ」

希少価値の高いワインを手土産に、私の様子を見にきてくださったのですね。

「まぁ、せっかくですから」

陛下から下賜《かし》されたものです。大袈裟かもしれませんが、直々に賜ったことに該当するでしょうから、無下にはできませんわ。

私は戸棚からワイングラスをふたつ用意し、注ぎます。芳醇な香りが鼻腔を擽《くすぐ》りました。

「ふむ。いい香りだ」

「ええ。とても素敵ですわ」

一口飲んでみると、口の中に豊かな味わいが広がりました。実に美味しいです。さすがはシュタイン王国の王家が嗜むものですわね。ほかと比べようがありませんが、これは間違いなく最高級品でしょう。


「いい飲みっぷりだな」

「ふふっ。ありがとうございます」

陛下は私のワイングラスにワインを注いでくださいました。

「美味しいです」

「そうか、それはよかった」

私は瞬く間に二杯目を飲み干して、三杯目を口にします。

美味しすぎて、ついついグラスが進んでしまいますわ。

この時、私はすっかり忘れていました。

陛下が酒豪だということを。

私も、そこそこお酒に強いほうなのですが、陛下の域には達することはできません。しかも陛下は飲むスピードが早くて……。いえ、最初はゆっくりと飲むのですが、徐々にスピードが早くなっていくのです。お酒を飲んでいるので当然といわれれば、それまでですが……早すぎるのです。

そんな陛下と同じスピードで飲んで酔わないはずがありません。

＊

【酒の力】


「と、言う訳なんですよ～～」

「ほぉ、それはひどいな」

「そうれしょ～～？　わたしは～あの男の母親じゃない～っていうのに～」

「コーネル伯爵子息は、なかなかの美青年だと社交界でも評判だが？」

「かおだけ男なんれす！」

「そうか」

「そうなんれしゅ！　ひじょうしきのかたまり！」

「そんな顔だけの非常識男と婚約解消できて万々歳ではないか」

「まっちゃく～。そのと～～りです。な～にが、みらいの伯爵夫人ですか。りょ～ちけいえいは～、わたしが～～してたんですよ～。な～にもかも、わたしにやらせようとしてた外道～なんです」


「確かにな。他力本願すぎる。伯爵家は子息の教育を放棄したも同然だな」

「そうなんれすよ！　ちゅ～いしちぇも、じぇんじぇんなんれす！」

私はグラスを握りしめながら、陛下に愚痴っておりました。

普段ならこんな失態は絶対に晒さないのですが、今日はたまたま……そう！　たまたまなのです。

陛下が「無礼講だ」と仰ったので、つい羽目を外してしまっただけなのです！

「愚かな男と結婚しなくて本当に良かった。私のほうでルーナとコーネル伯爵子息の婚約破棄は書面で成立させているから安心しなさい」

「しゃすがれす！　陛下！　かんしゃいたしぇましゅ！」

私は感謝の意を込めて、陛下に頭を下げました。

「しかし……ルーナがここまで酒癖が悪いとはな……」

「にゃんれすか？」

【酒の力】


「いや、なんでもない。気にするな」

「あい！」

グラスを一気に飲み干すと、陛下に向かってワイングラスを差し出します。

「お代わりくらさ～い」

「どんどん飲みなさい。私がすべて受けとめよう」

「あい！　いただきまふ！」

私はその後も飲み続け、陛下に絡んでは愚痴を溢し、ワインを飲み干していきました。

「あんにゃのと～、こんにゃくしてた～、かこは、まっちょうちたい！」

「ククッ。よほど嫌なのだな」

「あい！　ちゃいあくでちゅわ！」

「うんうん。ルーナの気持ちはよくわかるぞ」

「わかる？」

「ああ、私も記憶から抹消したい」

「おにゃじ！」

「ああ、同じだ。そこでな、ルーナ。中身がない勘違い男を記憶から抹消するいい方法があるぞ」

「にゃに？」

「コーネル伯爵子息は相思相愛の恋人と結婚して子供ができる。愛する女と愛する子供。きっと幸せな家庭を築くはずだ。ヴェリエ侯爵が『慰謝料を分捕ってやる』と息巻いているが、おそらく常識の範囲内で収めるはずだ。そうなれば、だ。元々息子に甘いコーネル伯爵家はその後も何事もなかったかの如く振る舞うだろう。割を食うのはルーナだけになる。許せるか？」

「むにゅ〜」

陛下の言葉には一理あります。

おじい様のことはともかく、コーネル伯爵家は、私の気持ちなどお構いなし。きっと会えば普通に挨拶してくるでしょう。それはまぁいいでしょう。会いたくないと言っても、貴族社会は狭いのですから。ただ、いつも通りに振る舞われるのが……ムカムカします。モヤモヤして……。

「ゆるちぇまちぇん！」

「そうだろ、そうだろ。なら、ルーナも同じことをすればいい」

「？」

「恋をするのだ」

「こい？」

こい……とは？

なに……？

「ああ、そうだ。恋だ」

「こい……いけの？」

「それは鯉だ。私が言っているのは〝恋〟のほうだ」

「恋……？」

「そうだ。ルーナも子を産み家庭を築けばいい。勿論、ルーナは優秀な私の秘書だ。結婚後もその地位は変わらない。いや、それ以上の権力を手にするのだ。夫になる男も子の父親もコーネル伯爵子息よりもすべてにおいて上の相手とな」

「おっと？　ふうふ……」


なるほど、なるほど。

つまるところ、陛下は私に結婚しろと言いたいのですね。それも相手は伯爵家以上の男性と。格上の相手と結婚する。侯爵家だと我が家と同格になりますし。ここは公爵家でしょうか？

確かにそれならテオドールは悔しがるでしょうね。辺境伯も捨てがたいですが、そうなると私は王宮を去らなければなりませんし。あのテオドールのことです。辺境伯を国の片田舎の領主だと死ぬまで勘違いしていそうですし……。ここはやはり、公爵家一択。もう私が嫁ぐ必要もありませんしね。婿入りでも構いません。できれば三男や四男辺りがいいですわね。相手側の家も長男や次男に比べると煩く言ってこないでしょう。今度は優秀な人がいいですわね。コーネル伯爵家の親子に意趣返しになるというもの。

ええ、とってもいい案だと思いますわ。

ですが、陛下。根本的な問題がございます。結婚はひとりではできないのです。悔しいですが。

「いにゃい」

「ん？」

「あいちぇが、いにゃい」

シュン……と項垂れる私を見て陛下は豪快に笑いました。

「ククッ、ハハハハッ！　そんなことか！　心配するな、ルーナ。相手はいるぞ！」

「ほんと？」

「本当だとも」

なんということでしょう！

陛下は私に相手を紹介してくださると。

素晴らしい！　さすがは陛下です。

お優しい性格に、紳士な対応。

「へーかちゅき！」

【酒の力】

「～～～っ……私もだ」


あら？

なんでしょう？

視界が歪んでいきます。

眠気が……。

「ふにゅぅ……」

「…………」

「…………」


「……眠ってしまったか」

私は酔い潰れて眠ってしまったようです。

目の前の陛下はワイングラスをテーブルに置いて、ソファーの背もたれに身体を預けていました。

私はというと、ワイングラスを握りしめたままでした。

「やれやれ。無防備な寝顔だな」

陛下は指先で私の頬を軽くつつきますが、反応はありません。

私は深い眠りについています。

「無防備すぎるのではないか？　これでは襲ってくれと言っているようなものだぞ？　ルーナ……」


陛下はなにかつぶやいたようですが、私は起きることができませんでした。

頭がフワフワして心地よいです。

あら？　足が宙に浮いているのでは？　何故、浮いているのでしょう。

それに……なにやら心地よい揺れを感じますわ。

ああ、これも夢なのでしょうね。

夢と現実があやふやで……なんだか羽が生えたかのように軽やかですわ。

ゆらゆらと揺られて。

熱くて。

不思議です。段々、身体が熱くなっていきます。

身体が全然動かせなくて。

【一夜の過ち】

まぶしい。

瞼《まぶた》が重ぃ……あ、頭が痛くて……。クラクラして。うぅ、吐き気がするほど気持ち悪ぃ。

ああ~お酒を飲みすぎたせいでしょう。うう……飲みすぎた後はいつもこうなってしまうのです。お酒は大好きなのに……。飲んでいる時は美味しくて気持ちよくなって……ああ、頭が痛い。酒豪の陛下と飲んだせいかしら？　グラスに注がれては飲んでの繰り返しだったから……。

降り注ぐ陽光を感じながら、そんなことを考えていると……ふと、気づいたのです。

何故、陽の光をこんなにも感じることができるのかしら？　――と。

疑問が今更ながら浮かび上がったのです。ふかふかで柔らかい、肌触りのいいシーツが全身を包み込んでいます。どう考えてもベッドで寝ていることがわかります。

……私、いつの間に着替えたのかしら？

その前に執務室に設置されている簡易ベッドはこんなにふかふかだったかしら？

ちょっと……いいえ、随分違う気がするのですけど。

私は重い瞼をゆっくりと開けました。

「……ぅ……ん……」

見慣れない天井。

天蓋……？

天蓋付きのベッド⁉

私ったらなんてことを！

自分の置かれている状況がわからず、慌てて飛び起きようとしましたが、力が入りません。腕すら上げることが困難な有り様。それになんだか体中が痛い……腰や足の付け根辺りは特にひどいような。とりあえず今いる場所だけでも把握しようと視線だけ動かそうとした、その時です。

「やっとお目覚めか？」

甘やかな声とともに頭上に影が落ちてきました。その声音には聞き覚えがありまして、まさかと思って顔を見上げたところ――

「ふぎゃああああああっっっ！！」

思わず悲鳴をあげてしまいました。

目の前にいたのは、陛下。それも一糸まとわぬ姿で！　裸の陛下でした！　なんという破廉恥な！！

しかも、陛下の顔が徐々に近づいてくるではありませんか。どうしてこんなことに⁉

昨夜のことはほとんど覚えていません。

最後の記憶といえば、陛下と楽しく喋っていて……それから……ダメです。思いだせません。かなり飲んでいた記憶はありますが。その後のことはまったく記憶にありません。

私の服はどうなったのでしょうか？　この状況では聞くに聞けませんが……そういうことなんでしょう。陛下に覆いかぶされて顔中に接吻されているのですもの！　鈍いと言われる私でさえ納得のいく状況です！

「へ、陛下ぁっ！！　どいてくださいましぃ～！」

恥ずかしさと困惑が入り交じって私は情けない声で叫びました。それでも離れてくれる気配はなくて余計にキスの雨が降り注がれていきます。

「ちょ……まっ……待ってぇください……い。わたし……昨日……」

「ルーナは初めてだろうから優しくするつもりだったのだがな。どうやら加減ができなかったようだ。すまない」

どういうことなのかと声をあげようとしても口づけによって塞がれてしまい、なんも言えずじまいでした。

ひとしきり愛でられ茹で蛸状態の私にそれはもう鮮明に語ってくださいました。昨夜起こった出来事の一部始終を。陛下の話を聞けば聞くほど恥ずかしくなって……穴があったら入りたい気分です。

【一夜の過ち】


「体は大丈夫か？」

「……痛いです」

「無理をさせたようだ。今日は一日ここで休んでいるといい」

「……はい」

あぁぁぁっ！！！

酔っぱらって前後不覚になって陛下のお手つきになるとはなんたる失態！

着替え終わった陛下が微笑みながら部屋を出ていかれました。

残された私は羞恥で顔を覆いながら己の不甲斐なさを反省するしかありませんでした。

体には、激しい情交の跡。

陛下の熱情をこの身に受け、愛された証。

そんな私の所属は、国王直轄。

……国王の秘書。

しかも国王陛下の専属秘書官。

女性の社会進出を良しとする祖父が、先代国王の時代から女性を登用するという法律を制定させたおかげで、働く女性は増えました。

ここ十年ほどは優秀な女性官僚が政治の舞台に躍り出るようになり、この国の男女の平等もかなり進み、女性の就職先は幅広く、それぞれの希望に合わせて選ぶことができるようになりました。憧れだけで終わらせない、そういう強い意志を持ち、キャリアを築く女性も当然増えていきました。


かくいう私も、そのひとり。

私がこうして王宮の文官として働けているのは、祖父のおかげ。

因みに、祖父は女性官僚の育成に力を注ぐ傍ら、男性役人の意識改革にも力を注ぎました。

その結果、女性でも男性と同じように働くことができて、結婚や出産をしても仕事が続けられる環境が整っていきました。

それに付随して女性の社会進出は更に加速していきました。

けれど、一部の貴族、特に保守的な家では「女性は家庭に入るもの」という考え方が根強く残っているのも事実。

だからこそ、おじい様は女性が働きやすい環境づくりに邁進しているというのに。

そんな祖父の孫娘がお酒で失敗するなんて……。

しかも、相手は国王陛下。

「覚えていません、ごめんなさい」は通用しない相手です。

「記憶にないので、なかったことにしましょう」は最低の言葉なので言えませんし。

万策尽きたとはこのこと。

……終わってしまったことはいたし方ありません。

これは祖父に事の次第を報告するしかないですね。

さて、どうやって伝えましょうか……と頭を悩ませながら、私はベッドから降りようと身体を動かしました。

その時でした。

「うっ⁉」


下腹部を襲う痛み。

同時に腰にも鈍痛を感じます。

どうやら暫く動けそうにありませんでした。

「はぁ……」


溜息が零れます。

「これからどうしよう……」

私は頭を抱えるしかありませんでした。

先程の陛下の言動を思い出すだけで、恥ずかしさと後悔が一気に押し寄せてきます。

もう二度と飲みすぎないようにしないと。

＊

「――――というわけですの、おじい様」

屋敷に戻り早速、私は出来事の一部始終を祖父に話しました。

「それは災難だったのぉ」

聞き終えた祖父は深い溜息をつきながら、私を見据えます。

最初は孫娘の〝やらかし〟に落ち込んでいるのかと心配しましたが、どうやら違うようです。

「ルーナや、陛下から朝一で連絡があったのじゃ」

「そうですか」

どうやら既に知らされていたようです。……陛下は一体、どんな風に伝えたのでしょう。いえ、伝えに来たのは侍従でしょうが。気になります。気になるのですが聞いてしまったら最後。後戻りできない気がして聞けません。

「ルーナや」

「……はい」

「陛下からの勅命である。一週間以内に後宮へ入れ、とな」

「え？」

耳を疑いました。

聞き間違いでしょうか？　しかも後宮って……入内せよと⁉　その言葉を聞いて血の気が引きました。

「……今なんと仰いました？」

「後宮に入れと言ったのじゃ」

聞き間違いであってほしいと思ったのですが現実は非情です。

思わず頭を抱え込んでしまいました。

もっとも、国王陛下の命令を断れる存在などいません。

王命は絶対なのですから。

こうして、私は入内を果たすことになったのでした。

【望み（国王視点）】

「陛下」

「リューク。コーネル伯爵子息の件は順調か」

「はい」

「なら、引き続き監視をするように」

「承知しました」

「つかの間の幸せに酔っているがいい」

だが、あの愚か者のおかげでようやくルーナを手に入れられたのだ。その辺りに関しては礼を言う。

如何にお互いが愛情の欠片もない――とはいえさすがに貴族の婚約を一方的に破綻させるのはまずい。特に高位貴族の婚姻は家同士のメリットが重視される。それ故によほどの理由がなくては破談にできない。

なんが言いたいのかというと、通常ならば、たかが浮気程度で婚約は解消できない、ということだ。

現にコーネル伯爵夫妻は此度《こたび》の婚約解消に驚きを隠せなかったらしい。

【望み（国王視点）】

『愛人が孕《はら》んだだけですわ』

『生まれてくるのは庶子です。なんの問題があるのですか⁉』

『ルーナ嬢が産む子こそ正当な跡継ぎです』

『そもそも愛人の子を伯爵家の跡取りにするなどと……！』

などなど、言い訳を重ねていたとか。

リュークの報告では宰相相手に相当粘っていたようだ。

馬鹿げている。宰相にそんな言い訳が通用するわけないだろうに。

いや、本心だとしても、そもそも婚約条件のひとつに特定の相手との不貞は原則禁止とある。

つまり、だ。特別の相手を作るなということだ。契約違反をしている事実を子息だけでなく伯爵夫妻さえ忘れているとは。呆れて物も言えない。

コーネル伯爵夫妻はルーナの価値を知っていた。にもかかわらず下手を打った。愛人だから。愛人の産む子供だからと。

「……愚かだ」

知らなかったは通らない。

忘れていたのでなかったことにしてくれ、と言ったところで通らない。そんな都合のいい話はない。

価値観の違いだろう。

同じ貴族同士でも、物事に対する価値観はまちまちだ。

こういう事態を踏まえて宰相は条件を出したのかもしれない。

ならば責任を取るしかないだろうに。

「自業自得だ」

脇が甘い。

宰相の孫と婚約しているという安心感がそうさせたのか。それとも元々の性格がそうさせたのか。実に愚かだった。

リュークに命じてコーネル伯爵子息に女を近づけさせたが、こうもあっさり引っかかるとはな。あまりに簡単すぎて逆にこちらが罠かと疑ったくらいだ。まあ、伯爵家の息子に罠もなにもないのだが。適当に何人かあてがった中で一番食いつきが良かった女が例の子爵令嬢だった。

＊

エミリー・ライナー子爵令嬢。

報告を聞いている限り、ルーナとは真逆の女だ。

ひとりでは生きていけない。男に寄りかからなければ生きていけないような令嬢。この手の令嬢は意外と多い。それでも全力で相手に寄りかかるタイプは少ないだろう。随分と依存性が

【望み（国王視点）】

高い令嬢のようだ。

しかも、頭が悪い上に股も緩いときた。そんな者を何故好き好んで選んだのか……理解に苦しむ。

「趣味が悪いな」

そうとしか言いようがない。

見るからに顔と若さしか取り柄のない女だ。

「本当に趣味が悪い」

あれに伯爵夫人など無理だろう。

勿論、下位貴族から高位貴族に嫁ぐ場合もある。伯爵家ならそこまで高位というわけではない。子爵家や男爵家なら嫁ぎやすい。ただし、それには爵位に見合った教養や振る舞いが求められる。

あの子爵令嬢はそのどちらも持ち合わせていない。

ライナー子爵は娘を高位貴族に嫁がせるなど考えてもいなかったのだろう。

普通はそうだ。

もしかすると娘の甘ったれた性格と不出来さを考慮して同レベルの家柄に嫁がせる予定だったのかもしれん。

裕福な商人なども候補に入れていたのかもな。

平民の元に嫁げば堅苦しい生活とも無縁でいられるだろう。

「伯爵家の嫁としては落第点だな」

見た目だけ良くても意味がない。所詮見かけ倒しなのだから。そのことに気づかない伯爵子息。あの無能っぷりではいたし方ないのかもしれん。彼もまた次期伯爵としては落第点なのだからな。実にお似合いのふたりだ。

ああ、趣味が悪いと言えば――

「彼の伯爵子息は友人にも恵まれなかったな」

類は友を呼ぶ。

伯爵子息の友人は揃いもそろって無能ばかり。

「よくぞこれだけ集まったものだ」

感心していいのか呆れていいのかわからない。

学生時代からの友人は、生涯の友、とよく言われるが……こんな友人どもは要らないだろう。

ほとんどが下位貴族出身だが、中には高位貴族の次男や三男もいる。その何人かは王宮に勤めているが、配属された部署からの評価がすこぶる悪い。仕事ができるできない以前の問題だ。

さすがに、事の次第を知った時は驚きを隠せなかった。

＊

【望み（国王視点）】

『これは本当か？』

『はい、陛下』

いつものようにリュークから報告を聞いていた。

その日も同じ内容だとばかり思っていた。

悪い意味で期待を裏切られた内容に再確認してしまったほどだ。

『コーネル伯爵子息はどうなんだ？　気づく様子はないのか？』

『まったくありません』

『そうか』

ルーナの周囲だけではない。

当然、その婚約者であるコーネル伯爵子息の周囲にも、目を光らせていた。近づく人間はすべて調べ尽くしている。家族構成から親族に至るまで。勿論、趣味趣向のありとあらゆる面まで隅々に、見落としがないようにしていたのだ。これもルーナの安全のため。

まさか、伯爵子息の友人たちがルーナ狙いだったとは……。

「子弟の幾人かは間違いなくルーナ様を狙っています」との報告に呆気にとられた。

リュークですら眉をひそめる下衆《げす》な視線に晒されていたとは……。

『伯爵子息の婚約者だと知ってのことか？』

とっさに聞き返してしまった。

知らない可能性もある。

伯爵子息の言動からして、婚約者として紹介されていない可能性もないとは言い切れないからだ。

『それはないかと。確認しましたが、全員知っておりました』リュークはホトホト呆れるように答えた。

そうか。知っているのか。知っていながら……。

友人の婚約者を狙うとはなにを考えているんだ。

リュークいわく、「ルーナ様と接点はありませんし、伯爵子息もご自分の婚約者と友人を頻繁に会わせるようなことはなさいませんが……。もしも、伯爵子息とルーナ様の仲が良好だった場合はおそらく度々交流があったかと。それを思えば、伯爵子息とルーナ様の仲があまりよろしくないことは不幸中の幸いです」とのこと。

最悪、既成事実に持ち込まれるおそれも十分にあり得た。

可能性としては、伯爵子息の婚約者だからこそ目を付けられたか。

『跡継ぎではない。家の爵位を得られない男たちにとっては、ルーナ様は垂涎《すいぜん》の的なのでしょう』

『だろうな。婿入りすれば、爵位を得られるとでも思っているんだろう。もしくは宰相の後ろ盾を欲してか』

『おそらくは。少なくとも王宮に勤務している者はソレが狙いかと』

『……そうか』

『はい』

『厄介な連中が多いな』

『まったくです』リュークの声には溜息が交ざっていた。

わかる。正直に言えば怒りを通り越してあきれる。

伯爵子息の名ばかりの友人たち。

彼らが略奪狙いなのは理解した。

迫られていないだけマシだが、不愉快なことこの上ない。

彼らはルーナに恋焦がれているわけではないのだ。

彼女の才覚と地位を利用したいと目論んでいるのは明白だ。そんな者たちが宰相の力で出世しようと考えるのは想像に難くない。

宰相の孫娘であるルーナを利用すればいい、と。

ルーナを手に入れれば爵位と地位が保障されるとでもいうように。

『愚かな』

実に愚かな考えだ。

宰相が口利きしたからといって、出世するわけではない。そういう部署もあるにはあるが、そこはそこで忖度《そんたく》が働く。

『これ以上バカな貴族などいらぬ』

『では……』

『彼らには近いうちに部署を異動してもらおう』

『それがよろしいかと』

出世という名の左遷だ。

望み通り、出世はさせてやろう。せいぜい足掻《あが》くといい。あの部署から伸し上がってこられればいいが、まあ、無理だろう。

貴族社会は甘くない。

特に高位貴族は。

現実を知って大いに後悔すればいい。

私は彼らの末路を想像してほくそ笑んだ。

*

「陛下」

【望み（国王視点）】


女官長の声で我に返る。

「なんだ」

「ヴェリエ侯爵令嬢が後宮に上がってこられました」

「そうか。例の宮殿にしてあるな」

「はい。後宮で最上位となる離宮にご案内してあります」

「ご苦労」

女官長に労いの言葉をかけると、「では、私はこれで」と深く一礼して踵《きびす》を返した。

「さて」

ようやく、だ。

ルーナが後宮に入った。

「長かったな……」


思わず独りごちてしまう。

実に長かった。

やっと、だ。やっと……。

第一段階はクリアした。

次は子供だ。
世継ぎになる子供をルーナに産んでもらわなければならない。
まあ、最初は女児でもいいか。男児も楽しみだが。
「とにかく、産んでもらわねば」
二番目か三番目に男児が生まれるケースのほうが望ましいかもしれぬ。
後宮の一部の女たちが煩い上に、彼女たちの実家も煩いからな。
今の地位で満足していればいいものを。
だが、ルーナに男児が生まれたら……。
ルーナを正妃に据えることも難しくない。

【追憶（国王視点）】

二十年前・ヴェリエ侯爵邸宅――


「おにいちゃまは、おとうちゃまのお友達なのね」

屈託なく笑う幼女は、私の側近の娘。

幼い子供というのは怖い物知らずだ。そのうえ、好奇心旺盛ときた。

抱っこをねだったかと思えば、「高い高い」を追加で要求し、肩車をしてやればきゃっきゃとはしゃいで喜ばれる。

こんな姿を他人が見たらひどく驚くだろう。

幼女は、私の側近であるメルク・コルネウス・ヴェリエのひとり娘で、名はルーナ。

「こらこら、ルーナ。だめだろう。おにい様が困っているぞ」

「おにいちゃまは、いいって！」

「まったく……ルーナ。お父様たちは、これから大事な話をしないといけないんだ。だから、ルーナはお部屋で遊んでおいで」

「む～～っ」

「いいこだから」

「しょうがないわね。おにいちゃま、また後でね」

「ああ、またな」

「うん！」

ルーナは小さな手を振って部屋を後にした。

私はその後ろ姿を見送ると、改めてメルクに向き直った。

「それで、一体どうしたんだ？　メルク。お前がわざわざ自宅に招いてまで話したいことがあるだなんて。まあ、大体の予想はついているが」

「はい。お察しの通りで。ルブロー公爵のことです」

「だろうな。改革案に反対か」

「はい。ルブロー公爵は、あの改革案を全面的に否定しています」

メルクの言葉に、私は自分の予想が当たっていたことを確信した。

あの改革案は、国にとってもいい案だと自負しているが、それと同時に反発が大きいであろうことも理解していた。それでも、私は改革を推し進めるつもりだ。

「陛下。私は、改革を無理に推し進めるべきではないと思うのです」

「メルク、お前までなにを言うんだ。今、この国に必要なのは改革だ。わかっているだろう」

「確かに、仰る通りです。しかし、些か急ぎすぎていることも事実です」

【追憶（国王視点）】

「私は急いでいるんだ」

メルクの言い分は理解できる。だが、それを納得するかどうかは別だ。

国は疲弊している。

貴族の横暴。

男女の格差。

領地をまともに運営しない領主たち。挙げればキリがない。

ルブロー公爵が改革を快く思っていないのは知っている。だが、いずれこの国は改革を進めなければならない。ならば、早いほうがいいに決まっている。

誰がなんと言おうと、私の意見は変わらない。

ルブロー公爵が宣う「貴族の秩序と権利」など、馬鹿げている。

あんなもの百年にも満たないものだ。

領地を管理人任せにして中央に居座り豪遊することが貴族の権利だと？　ふざけるのも大概にしろ。

昔の貴族は自ら領地経営に勤しんでいた。

高位の者が下位の者を虐げることが秩序だと？　馬鹿を言うな。自分たちの欲望や私利私欲のために下の者を踏みにじる行為の、どこが秩序だ。庇護する対象だろう！

妥協などしたくなかった。

若かったのだ。

己の信条を第一に考え、正義は我にありと信じていた。

だが、現実は違った。

私は理想を掲げていただけで、なにもわかっていなかったのだ。

それが如何に愚かなことだったのかを理解したのは、メルクが死んだ時だった。

私を支え続けてくれたメルクは彼の妻と共に死んだ。

事故死として処理されたが、どう考えてもおかしい。怪しすぎる。

「メルク殿は不幸な事故に遭われたとか。陛下も軽はずみな行動はお控えください。御身になにかありましたら、国が混乱してしまいます」

「……」


「どうか、ご自愛ください」

ルブロー公爵の言葉はまるで呪いのようだった。

「ああ……肝に銘じておく」

この男がメルクの事故に関与しているのは明らかだ。公爵自身が動かなくとも、彼の手足となる者たちがなにかしているに違いない。

腹立たしいのは、メルクを殺した存在が未だに掴めていないことだ。

メルクの妻も殺されたというのに……。

私は、自分の浅はかさを呪うしかなかった。

＊

メルクを亡くし、鬱々とした日々をすごしていた。

あれほど熱く語った改革案。

情熱は消え失せ、ただ夢の残骸だけが手元に残った。

日々を公務で埋め、現実から目を逸らし続けた。

それを一変させたのは幼い少女の言葉。

訪れた宰相の屋敷。

通された客間には、宰相と幼い少女がいた。メルクの父親と娘……。

「私、おじい様の跡を継ぎます！」

宣言する少女は、ルーナだった。

久しぶりに見るルーナは、前見た時よりも成長していた。

「ルーナ、この国は女性の爵位継承は認められておらんぞ？」

「それは〝今〟の話でしょう？　私が大人になる頃には変わっているはずですわ。お父様が生前申していましたもの！」

「だがな……」


「陛下が改革するのでしょう？」

「そういう話だったのぉ……。じゃが、道は険しいぞ？」

「為せば成る！　ですわ」

「むぅ……。そうじゃのぉ……」


「ですから、私がおじい様の跡を継いで宰相にもなりますわ！」

ルーナの突拍子もない宣言に私は唖然とした。幼い少女の夢物語。そう思っていたが、彼女の瞳は真剣で本気だった。

メルクの娘だ。

きっと、優秀な人材に育つだろう。

昔の自分と重なった。

挫折を知る前の自分と……。

いや、違うな。この子は自分がマイナスからのスタートだと知っている。知った上で宣言したのだ。

発破をかけられた気分になる。

諦めかけていた心に、再び火が灯ったようだ。

ならば、私のすべきことはひとつだ。

「宰相。少し相談がある」

こうして私は、再び動きはじめることとなった。

「ほぉほぉほぉ。ようやく立ち直りましたか」と、宰相は面白そうに言った。狸め。

*

それから数年の年月がすぎた。

私の改革は、少しずつ広がり実を結んでいった。

賛同する者が増え、反対する者は徐々に減っていった。

ルブロー公爵の娘を上級妃に据えた。

彼の派閥の令嬢たちを多く後宮に迎えたことが功を奏した。

反改革派の者たちは油断していた。自分たちの娘を後宮に入れたことによって。娘たちは親に言い含められて入内しているはずだ。

次の国王を産むように、と。

【追憶（国王視点）】


国王を籠絡しろ、と。

彼らは気づかない。

後宮という場所は隔離されている。

会うにも私の許可がいるのだ。

知っているか？

一昔前は、有力貴族の娘を後宮に入れることは〝人質〟の意味を持つ。

もっとも、彼女たちは、私の子を産むことはないがな。

まったく、アレには私も驚かされた。

彼女たちが孕まないように誰かが料理に薬を混ぜていた。


「まさか堕胎薬とはな」

「はい、間違いございません」

医官長から報告を受け、私は溜息をついた。

飲まされているのはひとりやふたりではない。

誰よりも先に子供をもうけるために、ライバルたちに堕胎薬を飲ませるとは。

「後宮は女の戦場というが……」

「如何いたしましょう。薬の量によっては副作用が出ている妃もいらっしゃいます」

「飲まされている妃はこのことを知らぬのだな」

「はい。ご本人は慣れない後宮での暮らしで体調を崩したと思っているようです」

「そうか。誰が盛っているのかわかるか？」

「はい、おそらく――」


医官長が名指ししたのは、とある中級妃だった。

ルブロー公爵派の伯爵家令嬢。

つまりは、保守派の貴族令嬢。

上級妃であるマルガレータ・ルブロー公爵令嬢側の者だ。

その派閥の妃が薬を盛るとなると考えられることはひとつ。

「なるほど。マルガレータのためか」

「そこまでは、なんとも」

マルガレータか、それともルブロー公爵の指示で動いているのか……。

どちらにせよ、この状況は芳しくない。

「少し調べてみよう」

＊

結果はひどいものだった。

中級妃の独断に近い。いや、実家の意向を受けての行動だ。

後宮でもマルガレータの腹心的立ち位置にいる彼女は、マルガレータが国王の子を産むことを望んでいるのだろう。

それとも自分が世継ぎの母になることを望んでいるのか。十分あり得るな。正妃になれないならば、国母にと。堕胎薬を服用していないのがなによりの証拠だ。

「私は大丈夫だろうか？」

少し心配になった。

強すぎる堕胎薬を派閥内の妃に飲ませて平然と微笑んでいる女だ。

私にもなんらかの薬を盛っている可能性がある。

医官長の診察を受けてみたが、特に異常は見られなかった。

「ご安心ください、陛下。今のところはご健康でございます」

「……」

やはり心配だ。

あの中級妃は油断ならない。

ここは、本格的な調査を行おう。

＊

調査をはじめて数週間後。

中級妃の部屋から複数の薬が見つかった。

堕胎剤以外の薬も多く、希少価値の高い薬もあった。

「伯爵家の令嬢が何故ここまでの薬を用意できる？」

疑問だった。

実家に用立ててもらったことは確かだ。

だが、中級妃の実家は特別裕福というわけではない。なにかに秀でた家でもない。薬学に精通しているという話など聞いたこともなかった。

「これは慎重に調べたほうが良さそうだな」

きな臭い。

直感だが、中級妃の背後を探る必要がある。

彼女の実家にはなにかある。

私の直感がそう告げていた。

【追憶（国王視点）】


その後の調査で、彼女の祖父である先代伯爵がすべての黒幕だと判明した。

ルブロー公爵すら彼の駒にすぎない。いや、そうなるように育て上げた。

長い年月をかけて巧妙に。元伯爵は実に用心深い男だった。

宰相にも相談した。

元伯爵こそが真の敵だと。

「おや？　ようやく気づきましたかな？」

宰相の言葉に驚愕するほかない。

「知っていたのか⁉」


「ええ」

「何故だ？　何故あの男を放置している！　排除するべきだろう⁉」


冷静さを欠き、思わず叫ぶ。

それだけ混乱していたのだ。

知っていて正さない宰相が理解できなかった。

「陛下、トカゲのしっぽ切りでは意味がないのですよ」

「なに？」

宰相は、元伯爵を泳がせていると言った。

「彼は用心深い。しっぽを掴ませないように細心の注意を払っておりますぞ。下手に手を出せば逃げられてしまいますよ。彼の場合、身代わりはたくさんおりますからな」

「しかし！」

「陛下、落ち着いてください」

「……」


「今は、雌伏の時なのですよ」

宰相は言う。

元伯爵を排除するには物的証拠はなにもない。

中級妃の薬程度では意味がない、と。

孫娘である中級妃すら、あっさりと切り捨てることができる男だと。

元伯爵を排除するにはルブロー公爵も一緒でなければならない、と――

次々と判明していく王国の膿。

「膿はすべて出し切らねばなりませんぞ」

宰相の言葉は正しい。

【追憶（国王視点）】

長期戦の予感がした。
戦いの中、私の心を癒やしたのは、幼いルーナの存在だった。
メルクの死から数年、ルーナは幼い少女から美しい女性へと成長した。
私は今日、メルクの墓参りにきている。
「後少しで、すべてが終わる。もう少しだけ待っていてくれ。それと――」
お前の娘を王妃にするぞ。
墓標の前で、そう宣言した。

【左遷（テオドールの友人視点）】

「は……？　俺、いえ、私が、ですか……？」

「そうだ」

「し、資料……課……ですか？」

「ああ、明日から君は資料課の課長だ。おめでとう。こんなに早く課長職に就く者は稀だ。期待しているよ」

人事課長からの辞令。

それも資料課ときた。

信じられない異動命令に俺は唖然とするほかなかった。

最初は昇進が決まったと思っていた。

それ以外にあり得ないと。

なのに……。

よりにもよって資料課。

閑職にまわされたんだ。課長なんて意味ないだろう。

覚束ない足取りでふらふらと自分のデスクに向かう。

【左遷（テオドールの友人視点）】

「なっ⁉」

俺のデスクが綺麗さっぱり片付けられていた。

「な、なにがあったんだ……」

慌てて同僚に駆け寄った。

「お、おい！　俺のデスクはどうした？　俺の荷物も一体どこにやったんだよ！」

「え？　お前の荷物？」

「そうだよ！」

「それなら新しい部署に送ってあるらしいぞ」

「は？　新しい部署？」

「ああ、三日前かな？　人事の連中がいきなり来て、『ルーカス・グリモワールは近日中に異動になる』って。だからお前の荷物は人事の連中が運んでいったぞ」

「な、なんだと……」

そんな話は聞いたこともなかった。

人事課長はなにも言わなかったぞ⁉

どうなってんだ！

唖然とする俺に同僚は追い打ちをかけてくる。

「だからさ、お前の荷物は新しい部署に全部送られてるはずだ」

「そ、そんな……」

俺の荷物は資料課に移され、デスクも片付けられている。

なんでだ？

どうしてこうなった⁉

人事のすることじゃないだろう！

なに余計なことやってんだ！

わからない。

まったく理解できない。

「たくっ！　だいたい、なんでこの時期に有給なんかとったんだ？　忙しい時期なのによ！」

同僚がもっともなことを口にした。

「そ、それは……色々あってだな……」

「しかも一週間も有給とるなんてよ！　お前、クビになっちまうんじゃないかって皆で噂してたんだぜ」

「は？」

「だってよ、お前、有給とって一週間も休んだだろ？　それも事前の届け出もなにもなしで。急に明日から有給とるって連絡だけ入れたらしいじゃん？　このクソ忙しい時期にさ。理由もよくわからない私的なもんだって話だったし。係長なんてマジ切れしてたぜ？　課長も額に青筋立ててたしな。あれじゃあ、クビにしてくれって自分から言ってるようなもんだろ？」

「そ、そんな……」

「なんにせよ、クビにならずに済んで良かったじゃないか。ただなぁ、今回の異動はソレが原因じゃないかって専らの噂だ」

「……」

「まあ、妥当な判断だよな」

「……」


あまりのショックに俺は言葉を失った。

こんなことは間違っている。

あってはならない。

「まあ、元気出せよ」

同僚はポンと俺の肩を叩いて持ち場に戻っていった。

俺は頭を抱えながら、部屋の外に出るしかなかった。

異動は明日から、と言われたものの、この部署に俺の居場所はない。デスクすら片付けられている状態で仕事なんてできるわけがない。かといって、なにもせずに置物のように居座るわけにもいかない。

「どうして俺がこんな目に遭わなきゃいけないいんだ！」

怒りがふつふつと湧き上がる。

なんでだ？

俺の人生にこんなことあってはならないことだろう。

王立学園を卒業後、優秀な成績で大学を卒業し、そのまま文官になった。

伯爵家の出身とはいえ、所詮は三男。実家に余分な爵位がない分、自分で食い扶持を稼ぐ必要がある。文官あるいは武官。それか婿入り。

ほとんどの者は文官か武官になる。

俺も例外ではなかった。

「くそっ……」


上手くいっていた。

すべて順調だったのに。何故だ⁉

有休をとったくらいで閑職にまわされるなんて前代未聞だ。

忙しい時期だからなんだ！

こっちは人生を左右する重要な岐路に立っていたんだ！　それを有給ごときで左遷されるなんて。

そう。

アレを知ったのは丁度一週間前のことだ。

＊

『は？　婚約解消……？　テオドールのか？』

『そうらしい』

『らしいって……。やっぱりあいつの浮気が原因か？』

『だろうな。それ以外に考えられないし……』

『だが、今更だろう？　テオドールの浮気癖は今にはじまったことじゃない。なにかほかに理由があるんじゃないか？』

『ここだけの話、相手の女を妊娠させたらしいんだ』

『ああ、いつかやるんじゃないかと思っていたけどよ。よりにもよって……』

『まあ、妊娠さえしてなければ有耶無耶にできたかも知れないけどな』

口さがない言葉に賛同する声は多かった。

テオドールが下手を打った。

そういうことだ。

ここにいる連中はそれを喜んでいる。

勿論、俺もだ。

これでヴェリエ侯爵令嬢はフリーになった。

『俺たちにもチャンスが巡ってきたってことだな』

『そうとも。後釜に座れるチャンスだ』

『テオドールのおかげで、ヴェリエ侯爵令嬢は行き遅れ寸前だ。今なら俺たちのような下位貴族でも十分チャンスはある』

下心丸出しの連中ばかりだ。

皆、ニヤニヤと笑いが絶えない。

ヴェリエ侯爵家とパイプを持ちたい奴は多い。

俺とて例外じゃない。

それになんといっても彼女は美人だ。

家柄も申し分ない。

『頭が良すぎるのが問題だけどな』

『おいおい、地位と名誉の両方が一気に手に入るんだぞ?』

『まぁな』

『天才と名高い令嬢だ。それに、仕事も申し分ないと評判が高い。色々と押し付けられるじゃ

【左遷（テオドールの友人視点）】

ないか』

『違いない』

バカ笑いが広がっていく。

彼女を妻にしたというステイタスには箔《はく》が付く。

侯爵令嬢の相手は高位貴族に決まっている。下位貴族のこいつらじゃ、宰相だって認めるわけがない。

だが、この俺なら。

伯爵子息である、このルーカス・グリモワールであれば話は別だ。

釣書《つりしょ》を出して、その足で令嬢を口説く必要がある。

善は急げとばかりに行動した。

まさか断られるとは露ほども思わずに。

『はぁ？　断られた⁉』

『ああ』

『何故ですか、父上⁉』

『……こちらの思惑をすべて見通されている』

『なっ⁉』

『宰相閣下から直に釘を刺された』

『く……っ！』

俺は愕然とした。

そんなバカな！　宰相閣下から直々の牽制《けんせい》があったなんて聞いてない！

父は「諦めろ」と言うばかり。

納得できなかった。

『こんなチャンスはめったにない！　父上‼』

『ルーカス。お前が手に負える相手ではない。はっきり言われた。婿に迎え入れる気はないと』

『……っ⁉』

『諦めろ』

『父上！』

『ルーカス。これは当主としての命令だ』

『……っ、くっ！　……わ、わかりました』

父にそこまで言われれば、俺に返す言葉はない。

だが、諦めるなどできるわけがない。

宰相がだめでも本人が良しと言えば……。

なに、相手はどんな才媛でも所詮は女。

職場は同じ王宮内にあるんだ。

婚約者が浮気相手を孕ませての婚約解消。付け入る隙は十分にある。むしろ、気落ちしている今が絶好なタイミングだ。

このタイミングを逃すバカはいない。

甘んじて引き下がる選択肢は俺にはなかった。

口説き落とすために一週間の有休をもぎ取った。それらはすべてパァになったが、俺は後悔していない。

有休を終えたら。

王宮で偶然を装って会いに行けばいい。

その有休を消費して戻ってきたら、コレだ。俺は怒りで頭がおかしくなりそうだった。

＊

「ふざけるなよ……」

俺は怒りを抑えながら、帰路につこうとした。

しかし、その足取りは重く。

「どうしてこんなことに……」

肩を落としてトボトボと廊下を歩く。

王宮から出て暫く歩くと、ポトッ！と頭に鳥の糞が落ちてきた。
「あ」
見上げると鳥が旋回していた。
「くそっ！」
最悪だ。
呪われているとしか思えない。
何故!?と叫びたい。
鳥まで俺を馬鹿にする気か？
人生最悪の一日だと、俺は心から思った。
ただし、そう思ったのは俺だけではなかった。
この悪夢がはじまりにすぎなかったことも。
俺は、まだなにも気がついていなかった。

【資料課の価値（人事課長視点）】

王宮資料課。

そこは文字通り、資料を整理する課だ。

いわゆる「掃き溜め左遷部署」。

資料課に左遷されたら二度と這い上がれないという、「人材の墓場」。

「今年は豊作のようだね」

「部長……」


人事部の部長、イヴァン・ザルスカヤ。

彼がにこやかに微笑みかけて来る。

「今回はどれだけ持つかな？」

ニコニコ笑いながら言うセリフではない。

だが、ザルスカヤ部長の言うことはおかしくはない。資料課に配属されるのは、そういう意味合いがある。

部長のことだ。

大量に配属された連中がバカをやらかすのを待っている。

集団でやらかしてくれたほうが連帯責任で罰が下せるからな。クビを切りやすい。

「いやはや、実に楽しみだよ」

怖い人だ。

今回の人事異動にはなにかある。

深入りは避けたいが、目の前にいる部長が許してくれないだろう。

資料課行きになった者のほとんどが縁故採用。つまり、貴族出身だ。

公にはしていないが、毎年一定数の貴族子弟がコネで入って来る。

勿論、例外はいる。

実力で入庁した者もいる。

「中央貴族のほうが実力主義で、地方貴族がコネと縁故採用。これどうにかなりませんか？」

「暫くは続くだろうね」

「そうですか」

わかっていたこととはいえ、はっきり断言されると気が重くなる。

なにしろ、縁故採用の者は使えない人材が多い。

優秀な成績で卒業したにもかかわらずだ。

協調性がないというか。

クセが強いというか。

無駄にプライドが高い。

「そんな顔をしない。これでも昔に比べたらマシになったほうなんだからね」

「マシって。これでもですか？」

「昔と比べたらね。随分と減ったよ」

ザルスカヤ部長は苦笑しつつ、言葉を続ける。

「以前は縁故採用が半分を占めていた時期もあるからね。あれはひどかったなぁ……」


縁故採用が半分って……それはつまり、コネだけで入れるってことだから。

そんな連中が半分。……地獄絵図だろうなぁ。

想像するだけで怖ろしい。

自分の失敗を決して認めない。

フォローしてくれた相手に礼を言わない。

ひどいと、そのフォローしてくれた相手に責任をなすりつける。

無責任極まれりだ。

私も、そんな連中には散々煮え湯を飲まされた。

迷惑をかけられたのは私だけじゃない。

ほかの同僚や部下もだ。

「領地持ちの貴族なんですから、実家で雇ってもらえばいいのに……」

「ははは。面白いことを言うね。領地持ちの貴族だからこそ王都に居座るんだよ。まあ、これも随分と改善されたんだけどね。まだまだかな」

ザルスカヤ部長は肩をすくめながら言う。

昔って言葉をよく使う。

見た目が若い分だけ違和感がある。

この部長、見た目通りの年齢じゃないんだよな。

本当に何歳なんだろう？

そして思う。昔はどれだけひどかったんだと。

「国王陛下や宰相閣下が主体となって改革は進んでいるけど、保守派は健在だからね」

「その保守派は領地持ち貴族というわけですね」

「よくわかったね。その通りだよ。ああいうのを老害って言うんだろうね。僕も気を付けないと」

「老害って……」

「いや、本当に老害なんだよ。未だに領地経営を丸投げってね。馬鹿だろう。代理に任せっきりって。そんなことをしているから、領地が廃れるんだよ。しかも、そうなっても働かない。

【資料課の価値（人事課長視点）】


なんだろうね。働いたら負けだと思っているのかな？　まあ、そういう連中なんだよ」

「はあ……」

なるほど。納得できるような、できないような。

複雑な気分だ。

理屈じゃないのかも。

「そんなんだから、領地は荒れ放題。領民も迷惑を被っている。なのに、自分は関係ないって顔をしているんだ。任せた管理人が悪いってね。自分たちが贅沢《ぜいたく》しすぎてるせいだって考えがまったく頭に浮かばない。金が湧いて出てくるとでも思っているのかもね。無能な管理人もいるけど、まともな管理人はやってられないよ。雇用主の命令に背けないんだからね。仕事しないなら口も出すなって言いたいよ。本当に」

ザルスカヤ部長は吐き捨てるように言う。

よほど腹に据えかねているんだな。

領地の自治権を持つ貴族は厄介だ。

国の介入を嫌う。

国もまた大義名分がないと動けない。だから、こういう改革はなかなか進まないのだ。

領主である貴族が犯罪を犯しているならともかく、税収に関しては口出しできない。

国に納める分をきちんとしていれば、どれだけ取り立ててもそれは領主の自由。権利とさえ言える。

「国王陛下が改革に本腰を入れられたのは、そんな貴族を一掃するためでもあるんだよ」

「そうなんですか？」

「そうだよ。いつまでも老害どもに幅を利かせられちゃあ困るしね。そんな状況を変えるには、まず大掃除が必要になるというわけだよ。ははは っ、僕たちも人事という名の大掃除をしているけどね」

本当に怖いな……この人。

その片棒を担いでいる自分も人のことは言えないが。

資料課に配属された連中が自主的に辞職届を提出してきたのは思っていたより早かった。

プライドだけは一人前のお坊ちゃまたちに、あの場所はキツかったようだ。精神的に。

仕事がない状態。

いや、あるにはある。

ただし、自主的に行動しなければならない、という一点において連中には考えつかなかった。

それだけだ。

上司の命令だから。

仕事がはじめから振り分けられているから。

【資料課の価値（人事課長視点）】

そういったお膳立てがまったくない状況下で「やれる仕事をやって」と言うのは、ああいう人種にはかなり効くようだ。

「せっかく、資料課に配属されたんだから、それを生かせばいいのにね」

無茶を言う。

「あそこはね、価値を知る人からすれば宝の山なんだよ。歴史的価値も高いし。今までの記録がすべて詰まっている。領地持ちの貴族からしたら喉から手が出るほど欲しい情報が山盛りなのに。その宝に価値を見出せないなんて、愚かとしか言いようがないよね」

ザルスカヤ部長は肩をすくめながら、ヤレヤレと首を振る。

部長が言った通り、情報はすべて資料として残っている。それこそ各領地の過去の天候や収穫量から、その年の家畜の繁殖率。川の流れに砂金の含有量。狩猟できる獣の種類と数。等々だ。

連中の実家に関する資料も保管されているだろうし、それこそ領地経営に関する重要な書類が何冊もあるのだ。

よくぞ残したと思うほどの量だ。

「僕の親切心を無駄にしてくれるよ。まあ、資料課の情報を持って帰っても生かしきれないのが実情だろうけどね」

「そうなんですか？」

「彼らの実家だよ？　過去の資料なんて見向きもしないさ」

「なら、いっそのことクビを切れば……」

「そうもいかないのさ。貴族は面子が命より大事だからね。自主退職なら彼らのプライドも保たれる。配慮ある僕たちに感謝してもらいたいものだよ。もっとも一度も感謝状が届かないところを見るに、連中はそんなことにも気づかないだろうけどね。あはははは」

笑う部長。

毒を吐きまくる。

素で言っている。

「……笑えません」

「うん？　笑えるだろう？」

ザルスカヤ部長がニッコリと笑う。怖い！　きっとこの調子でチクチクと連中に皮肉交じりの嫌味を言ったに違いない。

人事の者なら、皆知っている。

あれはキツイ。

褒めている様で実際は貶《けな》していて、お情けでクビにしないでやっていると言ってるのと変わらない。

貴族ならではの言い回しに連中も黙るしかなかったようだ。

もっとも、公爵家出身の部長に文句を言える者などそうはいない。

「まあ、これで暫くは静かになる」

わかってやっている部長は策士だ。

【後宮は平和】

後宮。

それは女の園。

国王陛下の寵愛を得るために多くの妃たちが鎬《しのぎ》ぎを削り、蹴落とし、時には暗殺まで行われる女の戦場である――と、思っていた時期もありました。

「ルーナ様、こちらのお色など如何でしょう。ルーナ様の髪に映えますわ」

「あら、素敵。でも少し派手ではないかしら」

「そんなことございませんわ。ルーナ様の藍色の髪は大変お美しいですけれど、少し華やかさに欠ける気がしていましたの。こちらの色でしたら、より引き立ちますわ」

「確かに。それなら胸元に飾るのは翡翠《ひすい》にしたほうがいいわね」

「サファイアではいけませんの？」

「サファイアもよろしいけれど、ルーナ様の瞳の色と同じにしなくては。そのほうが一層引き立ちますわよ」

「ええ、ルーナ様の知的な雰囲気を際立たせるためには、そちらのほうがよろしいかと」

口を挟めない。

別に口を挟む気はありませんが。

私はただ呆然と、目の前で展開される光景を見ているしかできなかったのです。

後宮の妃は皆様、仲がよろしいようで。

想像よりも遥かに平和。

いいえ、想像し得なかったと言うべきでしょうか。

伝え聞くドロドロのようなものはなく、後宮に住まう妃たちは和気あいあいとされています。

新参者の妃である私のお披露目会とあって、妃たちは右も左もわからない私のためにアレコレと世話を焼いてくれるのです。

今もそうです。

お披露目会に着る衣装や宝飾品を、妃たちで選んでくれているのですが……。

「ルーナ様はどうかしら？　わたくしたちばかり盛り上がってしまっていたけれど、ご希望はおありになる？」

朗らかに微笑むのは上級妃のひとり、アマーリエ様。

アマーリエ様は、後宮の妃たちを取り仕切るリーダーのような存在。

国王陛下の従姉で、今年三十八歳になるそれはお美しい方です。

「いえ、その……私はこういったものには疎く……お恥ずかしい限りです」

嘘ではない。

流行など最新情報は頭に入っているし、社交界デビューは随分前に終わっている。

デビューしたての少女ではないので、ある程度は着飾りはするものの、婚約者のいるエリート文官。派手すぎるとひんしゅくを買い、地味すぎると相手にされない。

ほどよい塩梅が求められ、そのさじ加減を間違えると、「地味だ」とか「華やかさに欠ける」などと陰口を叩かれてしまう。なので常に無難な装いしかしてこなかったのです。

「まあ、ご謙遜を」

アマーリエ様はクスクスと笑うけれど、本当です。

謙遜ではなく事実なんです。

「ルーナ様はお顔立ちが整ってらっしゃるから、なにをお召しになられてもお似合いになりますわ」

陛下同様に麗しい美貌のアマーリエ様。

そのお姿は、後宮の妃の中でも群を抜いて美しい。

鈴のなるような声で笑う様は、まさに女神のよう。

「そうですわね。ルーナ様は、お肌も大変お美しいですわ」

アマーリエ様に同意するように頷いたのは、中級妃のカティア様。

カティア様はアマーリエ様のご友人。

主に外交面で活躍されていらっしゃる方です。

「お髪《ぐし》もつやつやで、お肌もピチピチですわ」

カティア様の茶目っ気たっぷりの物言いに、アマーリエ様とほかの妃の皆様がコロコロと笑う。

その笑い声は、小鳥のさえずりのように軽やか。

「ルーナ様はなにかご希望はないのかしら？」

「いえ……特には」

「では、わたくしたちが勝手に選んでしまってもよろしいかしら？」

「はい。よろしくお願いいたします」

「お任せくださいな。とびっきり素敵なものをご用意いたしますわ」

中級妃のカティア様が力強く仰る。

そのお姿は自信に満ち溢れていて、さすが外交で成果を上げているだけあると感心するばかりです。

そんなカティア様を筆頭に妃の方々があぁだこうだと議論を重ねながら、衣装や宝飾品を選ばれていきました。

私はただそれを見守るだけ。

時折意見を求められても、当たり障りのない返答しかできませんでした。

この思いもよらない歓迎ムードに、私自身、正直戸惑っていたのです。

妬《ねた》み嫉《そね》みは覚悟の上。きっと悲惨な事件が後宮内では蔓延しているはず。そう思い、決死の覚悟で後宮に参りましたが、まさかこんな風に歓迎されるとは思ってもいませんでした。

「意外だったかしら？」

アマーリエ様が不意に私に問いかけました。

「後宮とは妬み嫉み、足の引っ張り合いが横行する場所。そう思われていたんじゃないかしら？」

「いえ、そんなことは……」

図星を指されて一瞬焦ってしまいました。

違うと言いたいけれど、正直に「思っていました」と言うわけにもいきません。失礼すぎますもの！

「隠さなくても結構よ。それが普通ですもの。特に後宮は外と遮断されているから、そう思われるのも無理ないわ」

「アマーリエ様……」

「ふふっ。ごめんなさい。ルーナ様を困らせてしまったわね」

アマーリエ様は、笑いを堪えながら謝罪をされます。

その笑みには悪意は微塵もなく、ただ私を気遣ってくれているのがよくわかりました。

「ここにいる女性たちの多くは色んな理由で後宮に入った者たちです。国王陛下の寵愛を狙う女性ばかりではないわ。もっとも、寵愛欲しさに入内してきた者もいるにはいますけど。ルーナ様はまだお会いしていらっしゃらなかったわね」

溜息をつき、「もうひとりの上級妃のことはご存じかしら?」と肩をすくめた。

「マルガレータ様のことでしょうか?」

「ええ、そうよ」

公爵令嬢のマルガレータ様。

アマーリエ様と同じ公爵令嬢。

同格の家柄とはいえ、王女を母に持つアマーリエ様のほうが立場は上。

「彼女は自身が公爵家の娘ということもあって、とてもプライドが高くていらっしゃるの。しかも陛下にかなり入れ込んでいるようで、ほかの妃とよく問題を起こしていて……。後宮の秩序を乱す筆頭のお方です。本当に困ったものだわ」

アマーリエ様は眉間に皺を寄せ、深々と溜息をつかれる始末。それだけでマルガレータ様が如何に厄介な存在なのかがわかります。上級妃であり公爵令嬢であるマルガレータ様に注意を促せる者は少ないはずです。後宮でそれを行えるのはアマーリエ様だけなのでしょう。ご苦労のほどが察せられます。それにしても、憂うアマーリエ様の姿は絵画のよう。

「いずれ嫌でも耳にするでしょうけれど、彼女のことはお気になさらないように」

「はい、承知いたしました」

アマーリエ様の忠告に私は素直に頷きました。

そしてその忠告は正しかったのだと知ったのは、それからすぐのこと。

＊

お披露目会当日。

私を仇敵《きゅうてき》のように睨みつけてくる妃。

誰に言われなくてもそれがマルガレータ様であることはすぐにわかりました。

陛下がいる手前、表立っては嫌味のひとつも言えないけれど、その表情と態度が雄弁に物語っていました。

私を見て「よく後宮に来たものだ」「陛下に媚びを売って上級妃になった浅ましい存在」「身のほど知らずの女」という罵詈雑言が聞こえてきそうで。

ああ、これぞまさに思った通りの後宮。

予想通りの展開に思わず苦笑いしてしまったのは、誰にも内緒です。

それと、後宮内ではアマーリエ様とマルガレータ様の二派にわかれていることを知りました。

薄々気づいてはいましたが。知った時は「あ、やっぱり」と思ったものです。軍配としてはアマーリエ様派が圧倒的多数。

これもまた当然と言うべきでしょうか。

アマーリエ様派の妃たちはそれぞれの得意分野で陛下を補佐していらっしゃいます。

それに対してマルガレータ様派の妃たちは、なにもしない。陛下が来るのをひたすら待つだけ。妃同士で交流しているようですが、そのほとんどが茶会など、ただ集まって話すだけのようで。まぁ、それが後宮の妃と言えばそれまでですが。

ふたつの派閥の特色の違いに私はなんとも言えない気持ちになりました。

正反対すぎて……。

ここまで正反対なら反発が生まれるのもわかるというもの。

現に、マルガレータ様は攻撃的です。

それでもさすがにアマーリエ様にはなにもできないようですが、その鬱憤は離宮で晴らしているようです。

「マルガレータ様付きの者は大変でしょうね」

思わずそう零してしまうほど、マルガレータ様の行動は目に余ります。

後宮内の噂では、マルガレータ様は陛下に夜這いをかけたとか……なんとか。

とにかく、いい噂を聞かない人です。

【後宮の派閥】

「いうなれば、〝職業婦人〟と言ったところかしら？」

「しょ、職業婦人……ですか？」

「ええ、そうよ。普通と違って妃の称号が付属してるけれどね」


あっけらかんと告げるカティア様。

今日はカティア様とふたりだけのお茶会。

ほかの妃はいません。

離宮でのお茶会……という名の後宮講習ですね。

「本来ならアマーリエ様が説明をするのが一番いいのだけど……そうなると色々と煩い人がいるのよね。ま、誰かとは言わないけど」

マルガレータ様とその一派ですね。わかります。

「お披露目会である程度知ったと思うけど、後宮はふたつの勢力にわかれているの」

「アマーリエ様とマルガレータ様ですね」

「そう。これは単純におふたりが上級妃だから。おふたりとも公爵令嬢で上級妃になられたわ。

立場的には同じだけど、実質はアマーリエ様のほうが格上。その理由はわかるわよね」

「はい。アマーリエ様の母君が王女殿下だからですよね」

「その通りよ。細かく言うとほかにも色々あるのだけど、一番わかりやすいのはソレ。その一点においてマルガレータ様たちはアマーリエ様には逆らえない。これでマルガレータ様に御子がいれば話は違ったのでしょうけど、運が悪いことにまだなの」

カティア様は紅茶を一口飲み、喉を潤すと少し困ったように笑う。

「まあ、それを言うのなら誰も御子を産んでいないから秘かに『陛下は種がないのでは?』と囁かれてるのだけれどね」


「不敬極まりない噂です」

「まったくだわ。根拠はどこにもないというのに。困るわよね」

「それでも噂は消えないのですね」

「火のないところに煙は立たぬ。火種となりそうな噂も信憑性があれば真実味が出るものよ。後宮ができて十年。そういう噂が立つには十分すぎる時間だわ」

面白そうにカティア様は笑う。

この手の噂はなにも後宮内だけでない。表のほうでもヒソヒソと噂は囁かれていた。

ただし、陛下の種云々ではなく、別の噂。

妃同士が懐妊させないように牽制し合っている。

毒を盛る、呪う、暗殺者を雇う。

など物騒な噂もチラホラと……。

どこまで本当なのかは定かではないけれど、数年前に毒見役が亡くなったのは事実。

……あら？　よく考えたらかなり怖いです、後宮。平和だと思っていたけれど過去のあれやこれやを考えると、今は平和。修羅場が終わった、ということなのかしら？　一時の仮初の平和、なのかもしれません。

「さて、話が脱線したわね。元に戻しましょう」

「はい」

「現状ではアマーリエ様とマルガレータ様の対立構造になっているわ。そしてこの対立構造が後宮を二分しているのよ。どちらかの派閥に与《くみ》するのが一番安全で楽なのも事実よ。でもそれは同時に派閥争いに巻き込まれることでもあるわ」

「そうですね」

私は頷きました。

「特色としてはマルガレータ様の派閥に与する妃は保守派貴族で固められているわ」

「保守派というと、領地持ちの貴族ですね」

「その通りよ。マルガレータ様の実家は保守派のトップ、ルブロー公爵家。因みに、マルガレータ様の派閥の妃はルブロー公爵家の傘下に属しているわ。対して私やアマーリエ様は改革派寄りといったところかしら。これもやっぱり家が関係してくるわ」

「後宮の勢力図はそのまま表の勢力に繋がるのですね」

「そう。これもよくあることだわ」

カティア様の言葉はもっともでした。後宮は表の勢力と繋がっている。

その勢力がそのまま派閥として後宮に反映される。

古来より変わらない後宮の図式なのかもしれません。

「では、私はアマーリエ様の派閥に組み込まれる、と認識して問題ないのでしょうか？」

「そうね。本来ならそうなるのだけれど……」

カティア様は言葉を濁す。

そして私を見つめてなんとも言えない表情になる。

嫌な予感がします。

面倒事の予感がします。

「アマーリエ様はルーナ様を派閥に入れようとは思っていないわ。むしろ、貴女がアマーリエ様の派閥に組みこまれては困る、といったところかしら？」

「……何故でしょう？」

「貴女がアマーリエ様の派閥に組みこまれた場合、必然的にマルガレータ様の派閥の勢力が弱まってしまうからよ。それに上級妃が同列の上級妃の風下に回ることはあってはならないわ。バカバカしいけれど、後宮には後宮の暗黙のルールがあるのよ。〝暗黙のルール〟というより派閥ごとに存在する〝常識〟に近いかしら？　これに背くと色々とまずいことになるのよ」

ヴェリエ侯爵家は改革派。

どう考えてもアマーリエ様の派閥に組み込まれるはず。けれど、上級妃の地位がそれを邪魔する。かといって保守派のマルガレータ様は論外。そうなると……。

「……カティア様、もしかして……」

「ええ、ルーナ様の思っている通りよ。貴女には是非とも中立でいて欲しいの」

やっぱり！

ええ、そうだと思いました！

あぁぁ……一番難しい立場じゃないですか‼

「大丈夫よ、アマーリエ様寄りの中立と周知させているから」

決定事項のように話すカティア様。

いいえ、既に彼女の中では決まっていた事柄なのでしょう。

断わりたい。でも断れない。カティア様の言っている内容は正論であり、なんらおかしいことではありません。

私がカティア様の立場、いいえ、アマーリエ様の立場であったとしたら同じようなことを言ったでしょう。

中立な立場でいる分には問題ないとカティア様も思っているからこそ、この話を持ち出してきたのでしょうから。

「私は中立の立場でいればよいのですね」

「ええ、そうよ」

今までは上級妃がふたりだったためなんとか均衡を保っていたのでしょう。それが私の登場で崩れてしまった。いえ、まだ崩れてはいません。それでも水面に投じられた石が波紋を広げていくように、小さな変化は確実に起きている。

その変化が大きな波とならぬよう、カティア様は「中立でいてほしい」と暗に言っているのでしょう。

「中立な立場でいる分には問題はありません。アマーリエ様にもご迷惑をおかけすることもないと思います」

「そんなに気負わないで。楽に考えてくれたらいいの。貴女は私たちが守るわ。だから安心してちょうだい」

「はい」

こうして私とカティア様のお茶会は終わりました。

ここ数日の怒涛の展開と慣れない後宮生活。

カティア様の仰っていた内容が実は一番重要だったと気づいたのはもう少し後のこと。

既に外堀が埋められていたことに、私はまだ気づいていませんでした。

＊

後宮での暮らしも早数週間。

カティア様の仰っていた通り、私は中立の立場を死守しています。

アマーリエ様はなにかと私に気を遣ってくださいますし、カティア様はお茶会に招待してくださるので、最近では少々太ったのでは?と心配になるくらいです。

まぁ、稀にマルガレータ様率いる保守派の妃たちが突っかかってきますが、そこは改革派の妃たちが守ってくれます。喧嘩腰の保守派の妃たちに対して、改革派の妃たちは余裕の表情で対応しています。

言葉巧みにいなしてしまう。かと言ってねじ伏せるわけでもない。その手腕は見事なモノです。

カティア様いわく、「私たちも独立した離宮を持ってたら話は違った」とのこと。

どういう意味なのか聞きますと、苦笑が返っていきました。

「ひとつの宮殿に数人の妃が住んでいるのよ?　いうなれば、宮殿をシェアしているようなものでしょう？　勿論、広い宮殿内で偶然会うなんてことにはならないけど、険悪なムードは使用人にも伝わるわ。仲良しこよしをする必要はないけど、だからといって常に牽制し合って宮殿の空気を悪くするのは誰だって嫌なものよ。特に保守派はなにかと大変なようだし」

その言葉を聞いて驚きました。

カティア様のことです。

てっきり、宮殿を支配しているとばかり思っていたのですが……意外でした。

また、カティア様は「保守派は皆が思っているほど一枚岩ではないわ」とも言っていました。

年々、保守派は数を減らしています。

きっとそれも影響しているのでしょう。

「急激な改革は反発を招くわ。けれど、ゆっくりとした変化なら保守派は徐々に慣れていくの」

そう締め括ったカティア様の表情はどこか晴れやかでした。

今日の茶請けはラズベリーのタルト。

それを摘まみながら、カティア様は話を続けます。

「それでも頭の固い保守派はいるけどね」

「ルブロー公爵、ですね？」

「そう。あの方は保守派のトップだもの。最後まで残ってるんじゃないかしら？」

「それはまた面倒ですね」

「本当にね。旧時代の遺物だわ」

はぁ、と溜息をつくカティア様。

その令嬢らしからぬ行動に思わず苦笑してしまう。

外務大臣を父に持つカティア様は、他国に留学経験もある才女。

事あるごとに「今も昔のまま、女は結婚して家庭に入り子供を産んで一人前、なんて考えのままだったら私は他国に亡命していたわね」と口癖のように言っているのです。

カティア様は独立心旺盛で行動家。

間違いなく有言実行していたことでしょう。そうなれば王国は凄腕の外交官を手放していたことになります。国の損失ですね。

「……ぅ」

「ルーナ様？　どうかしたの？」

「いいえ、少し吐き気がしただけです」

ここ数日、なんだか体が重たい気がします。

これはアレですね。美味しい物を食べすぎたのでしょう。暫くは野菜中心の食生活に変更しなければ。そうすれば体重も落ち着くでしょうし、栄養バランスも整いますから。そうしましょう。

【懐妊】

「……おぇっ」

体調を崩しはじめてから数日。

私は最悪の状況に陥っていました。

「ぅえっ……っ」

自室で胃の中のものを吐いてしまいました。朝から具合が悪かったのです。最近は食欲も落ちてきて少し食べただけで戻してしまいます。

「ぅぐ……っ」

胃の中のものを吐き出しても吐き気は止まりません。

「ルーナ様、医師をお呼びしましたので、ご安心くださいませ」

私付きの女官であるリーアが背中をさすってくれました。

「う、えぇっ」

「ルーナ様、我慢なさらずに」

「うぐっ……げほっ、げほっ！」

リーアに促されて嘔吐《えず》くのですが、胃液しか出ません。喉が焼けるように痛いです。苦しいです。辛いです。

リーアは、体調を崩しがちの私に付きっきりで看病してくれているのです。

彼女も年頃の女性。恋人のひとりやふたりいるでしょうに。交代制にしてはいるのですが、「ルーナ様の安全面を考慮すれば、私が付いていたほうが安心のはずです」と言って、頑なに交代を拒み続けるのです。休日を返上してまで。職務以上の働きです。彼女の献身ぶりには、私も頭が下がる思いです。

そんな私の心中を察してか「私はルーナ様のお世話をするのが仕事です」「ルーナ様のお側にいることがこの上ない幸せなのです」と言ってくれる、できた女官です。

彼女の優しい言葉にじんわり心が温まる。涙腺が緩みそうになりましたがなんとか耐えました。泣いたりしたらリーアに心配をかけてしまいます。

私が弱っているところを保守派の妃たちに知られるわけにはいきません。弱った新参者の妃など格好の標的にされてしまいますもの。

体調を崩したことさえ秘密にしなければならないのです。バレてしまうと「体調管理もできない妃」だの「弱い体」だのと陰口を叩かれてしまいます。

陰口だけで済めばまだいいほうかもしれません。

なんと言ってもここは後宮ですから。

なので、王宮の医師を呼び寄せるにも秘密裏に行う必要が……。

＊

「医師が参りました」

そうして入ってきたのは高齢の男性でした。

リーアの説明では医官長だそうです。

……何故、医官の長が一介の妃を診に来るのでしょう？

上級妃だからですか？

わかりません。

私の疑問をよそに医官長は顔をしかめ「ふむ、これは……」と呟きながら、私の脈を取り、瞳孔を見て一通り触診した後、診察の結果を口頭で告げました。

「おめでとうございます。ご懐妊でございます」

…………………はい？

ごかいにん。カイニン……かいにん……かいにん！　懐妊という言葉をようやく飲み込んで、じんわりと意味を理解できました。理解すると同時にわなわなと体が震えだしました。私の頭の中は大混乱。

なにを言っているのでしょうか。妊娠しているですって⁉

後宮入りしたばかりですよ？　早すぎませんか？　いつの子ですか⁉と心の中で叫びました。

とはいえ、心当たりはひとつしかありません。私が後宮に来た理由。そうです。あの日。あの夜しかありません。

あぁぁぁぁ……。

まさか。たった一夜で身籠ったというのですか⁉

陛下には種がないのではなかったのですか？　アレはやっぱりただの噂なのですね。いけません。不敬なことを考えてしまいましたわ。頭が混乱しておかしなことを考えてしまっています。平常心が……。あぁ……。

あまりの展開についていけません！

無言になる私の代わりに、リーアが「医官長様、それは本当ですか？」と詰め寄りました。

「間違いございません。ご懐妊でございます」

医官長は力強く断言します。

リーアはその言葉を聞いて泣き崩れるように床に座り込んでしまいました。

そして——

「おめでとうございます！」

感極まったように叫びました。

そうですか。

懐妊ですか。

突然のことに頭が真っ白になりました。

喜ばしいことに変わりはありません。

ただ、実感が湧かないので呆然とするばかりです。でも、自分のお腹をさすりつつ、そこに命があることを感じることができて不思議な気持ちにもなりました。ここに新たな生命があると思うと、なんだか胸がいっぱいになり涙が出てきました。

「おめでとうございます、ルーナ様」

リーアが涙を流しながら微笑んでいます。

私も涙が止まらない。嬉しいのか悲しいのか自分でもよくわかりません。感情が入り乱れて整理できないのです。

でも、ひとつだけ強く思うことは、この小さな命をなにがなんでも守らなければならないということです。

私がしっかりしないと！　決意を新たにしつつ、まずしなければならないことがあります。妃としての今の立場を崩さないことです。

「皆様へ知らせるのはもう少し待ちましょう。陛下の御意向を伺ってからにしたいわ」

今の時点で発表してしまうと騒ぎが大きくなることは必至です。なにしろ相手はこの国の王なのですからね。慎重に行動せねばなりません。

陛下の御意志次第ということにしておきましょう。それで納得してくださるはずです。

私の言葉にリーアが同意するように頷きました。

しかし、そんな私の考えは甘いものでした。

事態は大きく動き出していったのです。

数日後、私の懐妊が国中に発表されました。

医官長の診察結果の報告と一緒に。

＊

「ルーナ様、宰相閣下から贈り物が届いております」

妊娠が発覚してから三日と空けず祖父から贈り物が届くようになりました。

これは陛下の御子を身籠ったからというよりは、孫娘が懐妊したことに対してのお祝いでしょう。曾孫の誕生に歓喜しているに違いありません。

滋養にいいとされる食べ物、珍しい書物、宝石、絹の反物など。

「これはさすがに早すぎではないかしら？」

贈り物の中には絹の産着までありました。まだ出産前ですが、赤ちゃん用の産着を贈られるとは。

更には、「おしゃぶり」や「ガラガラ」など赤ちゃん用のおもちゃまで。

もう、用意する必要はないのでは?と思ってしまうほどの量です。

「宰相閣下はよほどルーナ様に御子様ができたのが嬉しいのでございましょう。お喜びのほどが伝わってきますわ」

「そうね……」


祖父の度を越えた贈り物に困惑していた私でしたが、リーアは逆に微笑ましいものを見るような目で贈り物を眺めておりました。

でもね、リーア。

絵本と楽器はやっぱり早すぎるわ。

「ルーナ様、医官長様がみえました」

診察の時間です。

お世継ぎの御懐妊だと大々的に報じられてから、毎日欠かさず医官長に診ていただいています。

後宮入りして数ヶ月の私が身籠ったのです。

万が一にも流産などあってはならないと、陛下も医官長に念を押したそうです。

医官長もそれは承知しているようで「万全の態勢で臨みます」と意気込んでおりました。

私も陛下の御期待を裏切らないように気を引き締めています。

「ルーナ様、本日は体調に異常はございませんか？」

「はい。問題ありませんわ」

とはいえ、悪阻《つわり》がひどくて……。

妊婦がこれほど大変とは思いもしませんでした。頻繁に嘔吐が続き、気持ち的にも身体的にも辛くて。

夜も眠れず食事もほとんど摂れず衰弱する一方です。

運悪く病に罹ってしまったのではないか？と不安になるほどですが、妊娠中の症状なのでしょうがないとのこと。

世の母親たちの偉大さを痛感する今日この頃。

「本日の診察は以上です」

診察を終えた医官長は、私に異常が見られないことに安堵の表情を浮かべていました。

私も異常なしと診断されると、ホッとしました。

【歓喜1（宰相視点）】

「宰相、なんのつもりだ？」

「はて？　一体、なんのことでしょう」

「とぼけるな。ルーナの離宮にあれこれと運ばせているだろう」

「孫娘が懐妊したと聞きまして。少しでも力になりたいと思い、色々と準備させておりますのじゃ」

「それはありがたい。しかし、あの量はなんだ？　まだ出産前だぞ」

「曾孫の誕生に年甲斐もなく興奮してしまいましたのじゃ。お許しくだされ」

声音がどんどん低くなる陛下は実にわかりやすい。

儂があれこれと贈ったのが気に食わないようじゃ。自分が用意したかったのじゃろう。それを横からかっさらわれては腹も立つじゃろうな。

「たったひとりの孫。儂に残された唯一無二の宝物。その孫娘に子が誕生することは、儂にとっては夢のようで……。生きているうちに曾孫を抱けるとは、長生きはしてみるものですな。陛下、老い先短い老体に免じてお許しくだされ」

「……」

【歓喜１（宰相視点）】


陛下が押し黙る。

これはもう一押しかのぅ？

「陛下、年寄りの最後の頼みと思って、聞き届けてくだされ。いつ死ぬかわからぬ老いぼれの頼みを無下にはしないでくだされ」

よよよっと、わざとらしい泣き真似をして見せた。

若干、芝居がかっているのはご愛敬じゃ。

孫娘を横からかっさらっていった相手に手加減はせぬ。

「もうよい。好きにせよ」

陛下は深い溜息をついた後、疲れたように退室した。

勝った！　儂の勝利じゃ‼

陛下の許可も出たことじゃ。生まれてくる曾孫のために、儂は張り切って準備をしよう。

陛下の気が変わらないうちに。

「さてと、儂も仕事に戻るとするか」

陛下と違いルンルン気分で仕事場へ戻る。

今度はなにを送ろうか。

そうじゃ！

名前も考えなくては。

さて、どんな名前がいいかのぅ。

生まれてくる曾孫に贈る名前はなにがいいかと頭を悩ませながら仕事に励むのだった。

嬉しすぎて、ルンルン気分のまま。

ハイになっていたのじゃ。

知らず知らずのうちに歌まで歌っていたらしい。

秘書らがそんな儂を見て、引いていたとは知らず。

大臣や官僚らが、二度見三度見し、「幻覚か？　それとも幻聴か⁉」と呟いては目をこする光景があったらしい。

儂は知らぬ。

幻覚でも幻聴でもない。まぎれもない現実だと理解した瞬間、彼らが泡を吹いて倒れた原因が儂の歌だと知るのはもう少し後じゃった。

＊

「閣下、不気味な歌を歌うのはおやめください」

「ん？」

「皆様、怯えておられます」

【歓喜1（宰相視点）】

「んん？」

「狂気に染まった閣下の歌は、聞くに堪えない、と、皆様が」

「んんん？」

「中には悪夢に魘《うな》され、睡眠不足に陥る者が急増している始末です。かくいう、私もそのひとりですが……。それはさておき、政敵らを恐怖のドン底に陥れることは成功いたしました。これで反対意見は出ないでしょう。ですので、そろそろ歌はおやめください。味方にまで被害が及ぶのは問題です」

秘書に苦言を呈され、儂は首を捻る。

歌っていた自覚がなかったからのぅ。

「閣下、聞いておられますか？」

「む……わかった」

了承する。

ほかに答えようがなかったのじゃ。

儂の歌で怯える政敵らを想像すると……愉快じゃ！と、つい思ってしまった。

心の声が顔に出ていたらしい。

「閣下」

秘書に咎められ、儂は反省する。

「すまぬ。儂も気を付けよう」

「そうしてください。それと、閣下。陛下のご体調が優れないようです」

「なに？　それは本当か⁉」

「はい。お顔の色が優れず、食欲もないご様子で……」

「あの陛下がか？」

「はい。あの陛下が、です」

儂は耳を疑った。

人一倍健康に気を遣っとる陛下が体調を崩すとは……。

「これは一大事じゃな」

「はい」

儂はすぐさま行動に移した。

陛下の寝室へ赴くためじゃ。

弱っている今が狙い目。

今なら後宮に入る手続きもスムーズに進むはずじゃ。

孫娘の元気な姿を見なければ！

この好機を逃すわけにはいかぬのじゃ‼

儂の意気込みも虚しく、陛下は面会謝絶。

【歓喜１（宰相視点）】

「申し訳ございません、宰相閣下」

女官長に謝られる始末じゃ。

「……何故、面会謝絶なのじゃ？」

「陛下のお身体に障ってはいけませんので」

信じられん！と儂は首を捻った。

しかし、女官長も譲らない。

頑として譲らなかった。

「それほどお悪いのか？」

まさかとは思いたい。

しかし、女官長の様子から察するに、陛下の身になにかがあったのは間違いない。

「それが……」

言い淀む女官長に、もしや深刻な病にでも罹ったのかと嫌な想像が頭を過る。

これは一大事じゃ‼

「陛下は一体どうされたのじゃ？」

女官長に詰め寄ると、儂に気圧されながらも女官長は口を開いた。

「陛下は……」

「なに？　声が小さくてよく聞こえなかったぞ」

聞き漏らすまいと、耳を寄せる儂に、女官長は言う。

「陛下の病状……と言っていいのかわかりませんが……」

「もったいぶらずに言うてくれんか？」

「はい。医官長が申すには〝男悪阻〟だそうです」

「は？　……男……悪阻？」

儂は思わず聞き返した。

聞き間違いかと疑ってしもうたからじゃ。

しかし、女官長も困惑気味に頷いた。

どうやら、聞き間違いでもなければ、幻聴でもないらしい。

女官長が申すには、妻が妊娠するとそれにつられて夫の体調も悪くなると。

「人によるらしいのですが、妊婦同様に嘔吐をもよおしたり、眩暈に襲われ、ひどい時は高熱に魘されたり……と様々だそうです」

なんと言えばいいのか。

医官長がそう診断したのなら間違いないのじゃろうが……。

「治るのか？」

儂は恐る恐る聞いた。

「医官長の見立てでは、奥方……つまり、ルーナ上級妃様の出産が終わると治るだろうと」

「それは……つまり、ルーナの出産が終わる日まで、陛下はこのままの状態ということか？」

「はい」

「……そうか。女官長よ、すまぬが陛下にお伝えしてくれぬか？　〝くれぐれも無理をせぬように〟とな」

「かしこまりました」

女官長も困惑気味じゃが、そこは女官長。

陛下の体調を気遣ってくださり感謝いたしますと礼を述べると陛下の寝室のドアを静かに閉じた。

儂は溜息をつく。

「男悪阻……か」

なんとも奇妙なことになっておるようじゃ。

女官長は「おふたりが仲睦まじい証拠でもあります」とフォローしておったが、儂は複雑じゃった。

「あ！　しもた！　ルーナの面会許可を言うのを忘れておった！」

ガクッと肩を落とす。

「むうぅぅ……残念じゃが諦めるか……」

儂は諦めて、執務へと戻るのだった。

【歓喜2（国王視点）】

「陛下……」

「宰相は帰ったか？」

「はい。随分と驚かれておられました。よろしかったのですか？」

「こんな姿は見せられぬ」

起き上がれないだけならともかく、吐き気がひどい。

「陛下、お加減は……」

「大丈夫だ」

そうは言ってみたが大丈夫なはずがない。

女官長もそれはわかっているのだろう。

「陛下、ご無理はなさらないでください」

「ああ」

『いわば、男側のマタニティ・ブルーのようなものです』

医官長の言葉が頭をよぎる。

『ルーナ妃殿下の悪阻も大変重いようでしたので、おそらく陛下も同じでしょう。しかし、ご心配は無用です。この症状は一過性のもので、妃殿下の出産が終われば自然と治まりますのでご安心を。なかなか体験できない貴重な経験です』

医官長は笑っていた。

なるほど。

妊婦とはこれほど大変なのだな。

疑似体験して初めてわかる辛さだ。

医官長は「めったにないこと」と笑っていた。心なしか、嬉しそうにも見えたが。

確かに珍しいことには違いない。だが、医官長の口ぶりでは私のほかにもいるということだ。

「ゴホ、ゴホっ」

吐き気と喉の痛みがひどい。

これが暫く続くとは。

産休と育休は女性だけの特権だと思っていたが、どうやら男側にも必要だな。

これを機に制度化を検討するか。

男性にだって休みは必要だ。

ああ、だが、勘違いする者が出てくるかもしれんな。

男性でも休める。長期休暇がもらえると勘違いする者が。

妊婦の妻を放り出して遊興にふける者が出てきたら厄介だ。

考えることが多いな。

そういえば……。

「あの女はどうしている？　ルーナが懐妊したことを知って発狂しているのではないか？」

「マルガレータ上級妃様のことですか？」

「ほかにいるか？」

「……。発狂はされておりませんが、大層ご立腹のご様子です。後宮の女官たちの話では、周囲の者に八つ当たりをされているとか」

「だろうな」

予想通りの行動をする。

あの女はそういう女だ。

入内してきた頃はただの大人しい少女だったが。

後宮という場所が女を変える。

「マルガレータ上級妃様付きの侍女たちの生傷が増えているそうです」

「放っておけ。あれ付きの侍女は元よりルブロー公爵家に雇われた者だ」

「よろしいのですか？」

「構わん。それより、ルーナの様子はどうだ」

「母子共に順調です。ご安心ください」

【歓喜２（国王視点）】

「そうか……」

私はホッと胸を撫で下ろした。

「ルーナの警備を今まで以上に厳重にしておけ。あの女が危害を及ぼさぬとも限らん」

「心得ました。ルーナ上級妃様の警備を今まで以上に強化いたします」

「頼んだぞ」

後宮は治外法権だ。

あの女が行動を起こさなくとも派閥の誰かが暴走しないとも限らない。

用心に越したことはない。


そうして翌年、紅葉が色づきはじめた頃にルーナが無事に男児を出産した。

第一王子の誕生に国中がわき立った。

ルーナの産後の肥立ちもよく、母子共に健康。これ以上に嬉しいことはない。出産で命を落とす女性は多いと聞く。無事、出産を終えてなによりだ。

生まれてすぐ、我が子の顔を見に行く。

「可愛いな」

我が子を腕に抱く。

小さくて軽い。

「陛下にそっくりです」

「そうか？」

「はい」

「そうか」

第一王子を見た者は皆、「陛下と瓜ふたつで、将来はさぞ美丈夫になられますね」と言う。

そうだろうか？

同じ色の髪と目だからではないのか？

宰相なんかは、「中身はルーナ似でしょう」と失礼なことを宣っていたが。

「名前はなんとしよう」

初めての子供だ。

ふたりで決めたい――と思っていたが、宰相の横やりが入った。

＊

「ソレイユ、はいかがですかな？」

「何故、宰相が決めるのだ」

「これは失礼いたしました。しかし、いい名前だと思いませんかのぉ？」

【歓喜２（国王視点）】


「まあ、悪くはないが」

「陛下はこれから先もお生まれになる御子の名を付けられますが。儂はこれが最初で最後になるやもしれませぬ。ですから、ここはひとつ、この老いぼれめに名付け親をお譲りいただけませんかのぉ？」

宰相は「老い先短い年寄りの頼みです」と、へらりと笑う。

まだまだ長生きしそうな宰相がなにをほざく。

あれだな。

以前の老い先短い年寄り云々で味を占めたか。

「孫のルーナも爺めに付けてほしいと申しておりましたしのぉ」

「ルーナが……」


「はい」

好々爺の顔で頷く宰相に、ルーナもそれを望んでいると言われたら、反対はしがたい。

あらかじめルーナを味方に引き込んでおくなど卑怯な……。

だがここで断れば、目の前の老人はともかく、ルーナが悲しむのは必定。

彼女は祖父を尊敬している。

ルーナ、宰相は腹黒の狸爺だぞ。

人畜無害な老人の皮を被った狸だ。

狸鍋にしてやりたいが、狸はまずいと聞く。

「わかった。いいだろう」

宰相の思い通りに動くのも癪《しゃく》だが、ルーナの望みを叶えないのはもっと業腹《ごうはら》だ。

「では、儂はこれで失礼いたします。」

宰相は「ほっほっほ」と笑いながら、私の執務室をでていく。

仕方がない。

こうして私たちの最初の息子の名付け親は、宰相になった。

＊

「宰相、ソレイユを王太子にするぞ」

「わかっておりますとも」

宰相はカラカラと笑う。

生まれたばかりの曾孫可愛さに、暴走しなければいいが。いや、この場合、暴走してくれたほうがいいのかもしれん。

「雑魚どもは虫の息ですからな！　煽れば簡単に動いてくれますぞ！」

やる気に満ち溢れている。

「隠れている虫も炙り出せますな」

炙り出す気満々だ。

「宰相、ほどほどにしておけよ」

「はい、はい。わかっております」

薄っすらと黒い笑みを浮かべる宰相に、私は一抹の不安を覚えた。

「宰相、メインディッシュは残しておいてくれ」

「勿論でございますとも」

目を細めて笑う宰相。

まあ、大丈夫だろう。

なんだかんだで、彼は私の味方だ。

【歓喜２（国王視点）】

【王妃】

王妃。

それは国で最も貴い女性。

王の正妃。国の母。

男児を産んだことで、私は王妃に昇格した。

周囲は「もう少し慎重になったほうがよいのでは？」と口を揃えて陛下に忠告していたらしいのですが、陛下はまったく聞く耳を持たなかった。

「ようやく世継ぎが誕生したのだ。王族の血を絶やさぬためにも必要なこと、と押し通されたそうです。

口さがない者たちの間では「懐妊が早すぎる。本当に陛下の子か？」、「よその種では？」等と陰口を叩かれていましたが、誕生した王子が陛下そっくりだったことで、そんな噂はピタリと止みました。赤ん坊であれだけ似ている父子は珍しいでしょう。母親である私の遺伝子はどこへ？といった具合ですもの。一部の者たちからは「陛下の分身が生まれた」と囁かれています。

【王妃】


気持ちはわかりますが、分身などではありません。

初めての子供。

最初の王子は、ソレイユと名付けられた。

名付け親は祖父です。

『この子は、将来国を照らす太陽となるように』

そんな願いを込めて名付けてくれたそうです。

名前の響きも良く、お祝いにきてくださった妃たちからも「いい名前ですわ」と好評でした。

生後僅か一ヶ月で王太子になった息子。

私は名実ともに国母となる未来が約束されたわけです。

人生なにが起こるかわからないとはこのことでしょう。

陛下の御子を産んだのは、私ひとり。ほかの妃たちは、陛下の御子を産むことは叶わなかった。

それが決めてだったのでしょうが、実は、私を王妃にと後押ししてくれたのは、アマーリエ様だったのです。

『陛下の御子を、それも王子を産んだ妃を正妃に据えるのは当然のことです』

『ルーナ様は上級妃。ヴェリエ侯爵家の令嬢です。家柄も血筋もなにも問題ございません。後ろ盾には宰相閣下もいらっしゃいますし、王妃としてこれ以上ない女性でございます』

『後宮に上がって日も浅いことを懸念する臣下もいると聞きますが、長く居ればよいというわけではございません。ルーナ上級妃は博識でいらっしゃいます。国内外に才媛として名高く、王妃としての教養も十分。難関大学をトップの成績でご卒業された才女。時代の先駆けとなるような女性でございます』

『ルーナ様は王妃として、国母として相応しいお方です。どうかご理解くださいますよう』

アマーリエ様にこう言われてしまっては、誰も反対などできませんでした。

血筋、家柄、美貌に教養。

ありとあらゆる面で最も優れているのはアマーリエ様です。

長年後宮を統べてきたアマーリエ様が、いずれは王妃になると誰もが思っていたはずです。

そのアマーリエ様から、『ルーナ様は王妃に相応しいお方』とお墨付きまでいただいている以上、私が異議を唱えるなどできるはずもありませんでした。

かくいう私も、アマーリエ様が王妃になるものと思っていたのです。

御子を儲けていないことを差し引いても、アマーリエ様は陛下の信頼が厚い御方でした。

保守派の貴族たちの妨害さえなければ、とうの昔に王妃となっていた御方です。

アマーリエ様を差し置いて、私が王妃になるなど考えもしませんでした。

『アマーリエ様は、後宮の妃たちの頂点に君臨する御方です。それを……』

『ルーナ様、わたくしは御子をもうけていませんわ』

『ですが……』

『わたくしの年齢を考慮しても懐妊は難しいと言わざるを得ません』

子を産んでいない。

たったそれだけで、と頭に過りました。

けれど後宮制度がある以上は、また妃にとって一番の仕事は陛下の御子を産むこと。

「そんなものは関係ない」と言うのは簡単なことですが、それはある意味で無責任極まりない、後宮の女性たちをバカにする発言でもあります。

表情に出ていたのでしょう。

アマーリエ様は美しい眉をハの字に下げて微笑まれました。

『これはいい機会なのです』

『いい機会……ですか？』

『ルーナ様、貴女は陛下の御子を産みました。それも王子を。強硬な保守派の貴族もそのことについて否定はできません。何故なら、彼らにとって妃とは、王の子供を無事に産んでこそ価値があるものなのです。それも王女ではいけない。王子でなければ価値はないとさえ思っているほどに。その証拠に、彼らは、陛下の子を産んでいない自分たちの派閥の妃たちを王妃にと推挙したことは一度もございません。内心ではどうであれ』

アマーリエ様は『それに』と続けました。

『中央貴族のヴェリエ侯爵令嬢であるルーナ様が一番適任なのも事実なのです』

ここまで言われれば、私もアマーリエ様の意図がわかりました。

アマーリエ様の実家の公爵家も領地持ち貴族。改革派ではありますが、やはり保守派の貴族との繋がりは中央貴族より強いことが関係しているのでしょう。忖度が働くのかもしれません。

これぱかりは仕方がないことです。

こうして番狂わせは起こりました。

ただ、どこにでも反対する者はいます。

アマーリエ様が味方になってくださったので表立って反対はしてきませんでしたが。

幸いと言うべきでしょうか、私には心強い味方がおります。

侯爵である祖父が——

おかげで反対派のほとんどが瓦解しました。

やはり、専門家が行動すると早いですね。頭のいい方々は表面を取り繕って水面下で画策しているでしょうけれど。それはそれとしても、です。

おじい様は言いました。

暫くは大人しくしているだろう——と。

いつまで持つかは知りませんけどね。

【王妃】


そういえば、私の元婚約者。

彼とその新妻は社交界から追放となりました。

表向きは「次期伯爵夫妻は領地で勉学に励む」とされていますが、それを信じる者はいないようです。

【元婚約者の転落】

「自業自得じゃ」

「おじい様？」

ソレイユを抱っこしながら、「ひいおじいちゃまでちゅよ～」と相好を崩す祖父。

誰が見ても立派な親バカ……間違いました。じじバカです。

「婚約者がいると知って近づき寝取った女と婚約者を裏切り不貞をした男。信用できないと判断されても無理もない」

「貴族には仮面夫婦が多いですわ。それに愛人を持つ方も」

「それでも、じゃ。婚姻前のやらかしを許すほど貴族社会は甘くない。政略結婚は契約結婚じゃ。義務を果たし終えた後に愛人を持つならともかく、その前からではのぉ。正式な契約をする前に愛人を持つなど言語道断。しかも、相手は未婚の子爵令嬢。自由恋愛は結婚後という暗黙の了解を完全に無視しておる。これでふたりの婚姻を祝福する輩はおらんじゃろ」

確かに。貴族の結婚は政略的な面が大きいとはいえ、結婚前から愛人を侍らせるのは褒められた行為ではありません。未婚の貴族子女に手を出したなら尚更です。

【元婚約者の転落】

テオドールが幾ら「愛し合っている自分たちが正しい。政略結婚のほうこそ間違っている」と声高に叫んだところで、貴族たちの大半は「寝言は寝て言え。馬鹿者」と一刀両断に切り捨てるでしょう。もしくは、「義務を果たす気もない、貴族の風上にも置けぬ男」と嘲笑されるのが関の山。

元婚約者夫婦とその一族は「信用ならない貴族」と貴族社会に認識されたということです。

元々周囲からの信用度は高くなかったテオドールは一気に転落。

コーネル伯爵夫妻は伯爵位を賜っていながらその程度か、と嘲笑され、貴族社会での立場が一気に危うくなったそうです。こうなっては個人の問題ではなく、コーネル伯爵家に連なる者たち全員の失態です。

当然といえば当然の結果といえるでしょう。

「見せしめの意味もある」

「愚かな行いをした者たちに対してですか？」

「それもあるが……。裏切った相手は今や王妃陛下じゃ。社交界を追い出されただけマシじゃろ。王妃陛下の面目を潰した者たちを野放しにはできん。本来ならコーネル伯爵家は取り潰し、その一族は爵位剥奪。領地は王家直轄地となるはずじゃった。本来なら、のぉ」

「伯爵領地での軟禁は、ある意味で恩情でしたのね」

「そういうことじゃ。もっとも本人たちは不満じゃろうがな。いや、何故自分たちが追放されたのかすら理解しておらんかもしれん」

しみじみと語りながらソレイユに「こまったれんちゅうでちゅね～」と頬擦りする祖父。

ソレイユが嫌そうに顔をしかめます。髭が痛いのでしょう。

「今は領地経営に勤しんでおるそうじゃ」

「コーネル伯爵夫妻がですか？」

「いいや。跡取りが、じゃ」

「テオドールが……ですか？」

おじい様からの意外すぎる言葉に驚きました。

管理人に丸投げとばかり思っていました。もしくは、コーネル伯爵が領地を運営しているとばかり。

「そうじゃ。周囲と軋轢《あつれき》を生みまくっておるようでのぉ。契約更新手続きをしなかったり、身勝手な言い分で取引相手と揉めたりしておる」

「アホですね」

「アホじゃな。領地経営などできる器ではないのにのぉ」

「その前に、今まで領地経営などしてこなかったんですよ？　急には無理でしょう」

「ほんとにのぉ」

テオドールが領地経営をまともにできるとは思えません。

自分の感情を優先して、伯爵領を混乱させる様子が目に浮かぶようです。

はぁ……。

婚約期間中でも彼が領地の視察に赴く姿など見たことありません。

一緒に行こうと誘ったのですが、その都度、「忙しい」の一言で断られ続けました。

遊びばかりの男のなにが忙しいのか。

挙句の果てに「管理人に代行させておけば問題ない」と宣う始末。

まったく！

どこのドラ息子の発言なのか！

そういった傾向はしばしば見られましたが、ひどくなったのは間違いなく王立学園に入学してからです。

付き合う相手を間違えたのでしょう。

友人だと紹介されましたが、どこの放蕩《ほうとう》息子と友人になったのかしら？と首を捻るばかりでした。

「伯爵家の財産を食い潰す未来しか見えんのぉ」

手厳しいですが、否定できません。

それはそうと――

「管理人はどうしたんです？」

「それがのぉ。あのバカボンは管理人を雇う金が惜しいと、解雇したそうじゃ」

「アホですか」

「アホじゃな」


伯爵家の管理人は、通常の管理人とは違います。家令の役割もはたしていました。どちらも完璧にこなせるプロです。

伯爵領の隅々まで目を光らせ、領地の問題を解決してきた人物。

「まったく。伯爵家の管理人は家令の仕事もしていたんですよ？　物凄く優秀で信頼が置ける人物ですのに」

なんてもったいない。

あれほどの人材はなかなかいません。

「ギルドからの派遣じゃったか？」

「そうです。ギルドマスターが推薦してくださった方で、とても有能な方でした。なのに、解雇するなんて信じられません」

「管理人の給料が高すぎると。この額で雇ったのか、と激怒したおったらしいぞ。ギルドに抗議の手紙を寄越したそうじゃ」

「なんてことを……」

能力と仕事量を考えれば当然の報酬でしょうに。

それもギルドマスターのお墨付き。そんな人を解雇するなんて……。

アホです。

何度も言うようですがアホ。

今日で何回、アホ、と言ったことでしょう。

ですが、それ以外の言葉が見つからないのです。本当にアホ。

祖父が言うように伯爵家の財産を食い潰す未来しか見えません。

「そのうち、王宮にも抗議の手紙が来そうな勢いじゃ」

「抗議……。もしかしなくても私にですか？」

「それ以外ないじゃろう。まあ、普通は王妃陛下に私的な抗議などせんじゃろうが、あやつは普通ではないからのぉ」

「はぁ……」

溜息しか出ません。

「儂も確認したが、確かに結構な額じゃったが、仕事内容からすると妥当だと判断できる。反論の余地なし、じゃ。抗議など考えられん」

私と祖父は顔を見合わせます。

「とりあえず、放置じゃな」

「ですね」

抗議が来たら無視してしまえばいいだけのことです。

もっとも検閲官に止められて手紙は届けられないでしょうけど。

まったく。

ただでさえ信用を無くしているのに。

これ以上、信用を無くすことをしてどうするというのですか。

自重と言う言葉を知らないのかもしれませんね。

少なくとも今は大人しくしておく時でしょうに。

現状把握ができていません。

危機感が死んでいるのかも。

溜息しか出ません。

しかし、アホの元婚約者、テオドール・コーネル伯爵子息が貴族社会に及ぼした影響は甚大でした。

【影響】

「影響って……なんですの？　こう言っては失礼でしょうが、一介の伯爵家の息子ですよ。将来、爵位を継ぐにしても底辺の評価を覆せるほどのなにかがあるとは思えませんし、コーネル伯爵家自体コレと言って優秀な人材を輩出しているわけでもありませんし、伯爵領にしても普通です。可もなく不可もない。特産品も名所もなく、観光資源もありません。比較的、王都に近いことが唯一のメリットですが、伯爵夫妻は領地経営が少々下手……。おふたりとも、基本、おっとりとした気質で……そのせいでしょうか、領地も現状維持で満足されておりました。おそらく今も変わっていないはずです」

「すべてにおいて平均的な貴族じゃからな。ルーナがそう思うのも無理はない。が、その平々凡々の夫妻の息子がやらかしたことはまったくもって普通とは言いがたいものじゃ。テオドール・コーネルの所業に各親たちが秘密裏に動いたのじゃろう。我が子は大丈夫なのか、とな」

「調べたんですね」

「うむ。親としては当然気になったのじゃろう。特にテオドール・コーネルと歳の近い子を持つ親はのぉ」

祖父の言葉に開いた口が塞がりません。

テオドールと近い年齢って……もういい年した大人ですよね？

人によっては結婚して子供が数人いてもおかしくない年齢です。

え？　それを調べるんですの？

それとも既婚者は除外して独身の子供のみを調べたんでしょうか？　どちらにしても、ちょっと……。

祖父の話では既婚者であろうがなかろうが関係なく調べたそうです。

なんでも「結婚後にやらかさないか心配」だそうです。

たったひとりの伯爵子息のせいで、同じ年代の方々まで同類扱いされているなんて気の毒に。

「まあ、調べた結果、アレじゃった」

「アレ……？」

おじい様にしては珍しく言い淀む様子に嫌な予感がします。

「別の意味でやらかしておった」

「別の意味で、とは？」

「愛人を囲い込んでいる者やら、複数人と不義密通。まあ、色々とな」

詳しく聞けば、男女関係なくやらかしていたようです。

もっともテオドールと違って、皆様、綺麗に隠し通しておられました。

愛人はともかく、不義密通は……。

「よくバレませんでしたね」

「あるご夫人は妊娠中にしか関係を持たないよう徹底して対策しておったようでな。まあ、子供たちは間違いなく旦那の子供じゃ。親子鑑定する必要もないほど父親似の子供たちなのでな。普段から貴族夫人として完璧じゃったので一切疑わなかったようじゃ。旦那のほうは妻と違って浮気を隠してなかったようでな。妻の徹底した浮気隠しに婚家は逆に褒め称えておったわ」

「それはまた……」


おじい様も言葉に出していませんが、感心していることはわかります。

ぶっ飛んだ浮気方法もそうですが、決して情人との子供はもうけないという意志の強さを感じます。しかも、今の今まで実家はおろか婚家にもバレなかったという。これはアレですね。婚家での力関係は夫人に軍配が上がっていることは間違いありません。

跡取りの母ですし、爵位を譲られていないのならば、夫より夫人のほうが発言権が強くなるのは必定。実権は夫人が握ることで話がまとまっているようです。

「浮気の報復にも凄いのがあったのぉ」

意味深な発言からはじまった話は、「数人の愛人を囲っていた男は妻にそれがバレて報復された」というありがちなものでした。

ただ、ほかと違うのは、その報復方法。

夫の愛人を妻が寝取るというやり方。

「どうやら奥方は男性よりも女性が恋愛対象だったようでな。旦那の愛人たちを誘惑していったらしいのじゃ」

「全員ですか？」

「全員じゃ。女性は何歳になっても綺麗なものを好む」

おじい様の話では、その奥方はスラリとした長身の美女。

男装姿がそれはそれは似合うそうで。

「まさに男装の麗人じゃな。あれでは旦那の愛人たちもひとたまりもなかったじゃろうて」

「そうですか」

「旦那のほうは男としてのプライドをズタズタにされ、すっかり女性恐怖症になってしもうてな」

「それは……お気の毒に」

男性の自業自得とはいえ、まさか自分の妻に愛人を奪われるとは想像もしていなかったでしょうに。

こちらの家も先程と同様に跡取りの問題はまったくありませし、奥方が家裁を切り盛りしているらしく、最近では忙しい奥方を少しでも助けたいと愛人たちが自主的に手伝っているそうです。これは男性の愛人だった頃には考えられない行動だったらしく、それが更に男性にショックを与えてしまったとか。今では別宅に引き籠ったまま。

打たれ弱い人ですわね。

それとも奥方が凄いだけなのかしら？

やらかしは、やらかしでもテオドールとは大違いですわ。

彼らの世代はテオドールを反面教師に「決してバレないように細心の注意を払って行動しろ。もし、バレた時は迅速に対処。絶対に不利にならないように根回しと準備を完璧にすること」を徹底していたようで。

「誠実に真面目であろうとは考えないのですね」

「相手が誠実なら誠実に。不実な相手なら不実に、といったところじゃろう」

「なるほど」

努力する気もない相手に努力を求めても無駄。

ましてや、自分だけが努力するなどバカらしいといった風潮ができていたようです。

『妻にもなっていない婚約者に領地経営を丸投げしてたバカを知っていましたので。その婚約者の女性が誠実で優秀だったから良かったものの。そうでなければ、コーネル伯爵家は今頃乗っ取られてもおかしくない状況だったでしょう』

皮肉たっぷりに語った男性は、元没落貴族。

貧乏な実家を立て直すために裕福な商人の娘を妻にした男性。

誰が見てもお金目的の結婚。ただし、それは相手の商人も同様でした。目端の利く商人は一代で莫大な財産を築き、次は名誉をほしがったのは自然なことだったのでしょう。娘を没落貴族に嫁がせたのは、そのため。商人の本当の狙いは娘婿が持つ爵位。「貴族も欲深いが、商人も同じくらいに欲深い」と、実家を見事に立て直した男性が後に語った言葉です。なにがあったのかは語りませんでしたが、商人が男性の実家を乗っ取ろうと画策してたことは察することができました。もっとも商人は貴族の恐ろしさを知らなかったらしく、今は親子ともに行方知れずとか。

『自分は浮気して仕事は婚約者に、ってアホが同級生にいましてね。僕の場合は妻がその逆パターンだったんですが、まあ、僕は入婿ですし。跡取りさえ僕の血を引いているなら問題なしとさせてもらいましたよ。え？　恨んでないのかと？　まさか。僕なしで領地は治められませんよ。愛人を持つのだって両家で取り決めて許可もらっているんですから。それに、間男が誰なのかも把握済みですからね』

ドライすぎる夫婦関係を暴露したのは、高位貴族の男性。

彼いわく「婚姻契約をしっかりと交わしておけば、大抵のことはスムーズに進む」とのこと。ただし、最初の話し合いが大事らしいです。何度も話し合って、互いに納得のいく契約にしなければこじれてしまうと、清々しい笑顔で語っていたようです。


『愛し合っていないことは承知の上でしょう？　政略結婚ですもの。だからといって何故、私だけが愛する努力をしなければならないの？　両家の双方にメリットのある結婚よ。金銭的援助を施されていたりしているわけじゃないわ。それに、私は旦那様と違って愛人宅に入り浸りなんてことしてませんもの。相手が執事だからなんです？　彼個人を雇っているのは私よ。彼はちゃんと執事の仕事を忠実にこなしているし、男爵家の出身。学もなければお金もない、働きもしない平民女性を囲って家族の真似事をしている人にどうこう言われたくありませんわ。私、ちゃんと跡取りとスペアを産んだじゃありませんか。婚姻前に愛人を別宅に囲ってらした方にとやかく言われたくありません』

政略結婚に愛も信頼も求めないと叫ばれた貴族夫人。

身分違いの愛人を持つ夫婦。夫のほうは妻の愛人を長年、知らなかったらしく、知った瞬間に、愛人の執事を屋敷から追い出そうとしたらしく、今、修羅場の真っ最中だとか。ただし、軍配はご夫人のほうにありますので、近々、決着がつくとのこと。

『僕、別に不義密通してませんよ？　浮気だって言われても……。だって旦那さん子種がないんでしょう？　なら仕方ない。何故って……。旦那さんひとりっ子でしょう？　親族の誰かを養子に迎えるにしても野心家の親族が黙っていませんよ。骨肉の争い勃発か。下手をすれば乗っ取りを仕かけてくる可能性だってあります。それが浮気となんの関係があるのかって？　……一度、父君に聞いてみたほうがいいですよ。答えを教えてくれますから。今教えろ？　しょうがないですね。僕は貴男の異母弟ですよ。知らない？　そりゃあそうでしょう。僕の母は田舎の貴族令嬢だ。父の愛人かと？　まさか。違いますよ。あんたと俺の製造元が俺のお袋に乱暴してできた子だよ！　……ああ、すいません。ついカッとなって。でも、事実です。母は未婚のまま僕を産んで数年前に亡くなりましたよ。ええ、貴男の父君がどうしても自分の血を引き継いだ跡取りが必要と土下座して頼みに来られたのでね。そういうことです』

父親のやらかしで不幸になった母と息子。

父親の非道を知らなかった息子。

理不尽極まる話です。家の血を繋いでいくことは大事ですが、それはなにも現当主の血でなくとも構いません。この当主には弟と妹がいるのです。そちらから養子をもらえばすむ話。ご自分の血を重んじたばかりに息子たちの気持ちを蔑ろにしているのですから。

＊

「――とまあ、こんな感じじゃ」

一部不穏な話もありましたが、概ね、このような感じだったようです。

これがテオドールの少し上の世代の話。

そうですか。そうきましたか。

この下の世代の〝やらかし〟とは既に次元が違います。

超現実主義者の世代と恋に恋する陶酔型の世代。極端すぎます。足して二で割りたい。そうすれば丁度いいのでは？

「文官たちは嘆いておったわ。またマニュアル本のページ数が増えるとな」


ご愁傷様です。

もう、そう言うしかありません。

詳しく調べたらもっと出てくるんでしょうね。前の時のようにドン引きしながら作成していくことでしょう。

【縁切り（とある領主視点）】

「はぁ……。やっと帰ってくれたか……」

溜息をつくと同時に、ドッと疲れが増してきた。

出て行った男は、テオドール・コーネル伯爵子息。

ここから少し離れた伯爵領の若様だ。

「父さん？　あの人、帰ったの？」

息子が奥から出てきた。

「ああ、やっとな」

「随分と居座っていたようだけど、大丈夫なの？」

「なんとか」


本人が納得していなくとも取引は既に終了している。

更新手続きの期間も終わっているのに文句を言ってくるほうがどうかしているんだ。それでも格上の相手。下手な断り方はできなかった。

「来た当初は、感じ良さそうだったのに。人は見かけによらないね」

「ああ、だがな、早々に本性を晒してくれて助かったよ」

「そうなの？」

「ああ……」


その分、粘り強かった。

保守派の貴族は傍若無人で有名だ。

コーネル伯爵家はどちらかと言えば、中立寄りだったんだが……。変わったな。いや、息子が保守派に染まったのか。

「でもさぁ、よかったの？　うちと結構付き合い長かったんでしょ？」

「構わないさ。今までは更新手続きがされていたから取引していたにすぎない。まあ、伯爵夫妻はいい人たちだったたし、ここ数年は婚約者のご令嬢がなにかと気遣ってくれていたからな」

「ああ～。確か、婚約破棄したんだっけ。バカだよね。元婚約者さん才女で有名だったのにさ」

息子が処置無しとばかりに肩をすくめる。

こうして先代からの長い付き合いは呆気なく終わりを告げた。

あんな態度ではほかとも上手くいかないだろう。

彼は知らないのだろうか。

この付近の領主貴族は改革派だということを――

娘の予感が当たったか。

あれは今から数年前の話だ。

＊

「バッカじゃないの⁉」

突然の娘の怒鳴り声。

「ふざけんじゃないわよ！」

王都の学校に通い、夏休みということで帰省していた娘のアイラ。

「一体なに考えてんのよ！　あのバカ‼」

物凄い剣幕で叫び、それからは延々と罵りの言葉が続く。

アイラは二階の自室で怒鳴り散らしているのに、一階の書斎にまで丸聞こえだ。床が薄いわけではない。むしろ、厚いくらいだ。なのに聞こえるのは、それだけの声量ということだろう。

「クソ野郎が！　死ね！」

どんどん口調が汚くなっていくのを、一体どうしたものか。

だがこの状況の娘の元に行くのは危険だ。

使用人たちも危機感を感じているのだろう。

アイラの部屋に近づく者はいない。

「クソが‼」

令嬢とは思えない口の悪さ。禁止ワードの連発。「ピー（自主規制）野郎」とか「クソ（以下略）」とか、どこで覚えてきたんだか。

つくづく、お嬢様学校に通わせなくてよかった。

一応、選択肢のひとつとして考えてはいた。だが、本人が「絶対行きたくない！」と拒否したのだ。

共学の学校だが偏差値も高く、貴族階級の子供も通っている娘の学校では、平民出身の子供だってそこそこ裕福な家の出ばかりだ。学校側もその辺は厳しいらしく身辺調査をきちんと行う。だから安心していたんだが……。

ひとしきり罵った後、部屋から出てきたアイラは何事もなかったように、澄ました顔で「お父様、お話があります」と言ってきた。左手に手紙を握りしめながら。

「なんだ？」

「私、この度婚約を解消させていただきます」

「……は？」

「ですから、婚約解消です」

「……それはまた、どうしてだ？」

アイラの婚約者である少年の顔が頭に浮かぶ。

友人の息子だ。アイラとは幼馴染で、彼もまた王都の学校に通っている。生憎、アイラとは別の学校だ。

「この手紙を読んでいただければおわかりになるかと」

アイラが一通の手紙を差し出してきた。

差出人を見ると、それはアイラの婚約者である少年からだった。

「これは……」


「読んでいただければわかります」

促され、手紙に目を通すと……なるほど。娘が怒り狂うわけである。

アイラの婚約者は、アイラ以外のご令嬢に恋をしてしまったらしい。それはいい。いや、よくはないが、馬鹿正直に伝える必要がどこにある。恋したからなんだ？　どうせ一過性のものだろうに――と、娘には言えない。言うつもりは毛頭ない。何故かって、怒りの矛先が私に向けられては困るからだ。

アイラは冷静を装っている。

微笑みすら浮かべて。

が、その目の奥は笑ってなどいないだろう。

額に青筋が浮かんでいるのがなによりの証拠だ。

「この内容に嘘はないか確認してから、彼の家に手紙を出そう」

「そうしてください。それから、お父様」

「なんだ？」

「慰謝料もいただきたいです」

「……そうだな」

つまり、親同士が友人だろうが、自分と幼馴染だろうが関係ない。こっちは被害者だ。取れるものは全部取ってしまえ、ということだろう。逞しく育ったな。はらわたが煮えくり返っているんだろう。気持ちはわかる。手紙の内容は、ただ単に好きな女ができただけではない。恋人になれそう、というのも目をつぶろう。一番の問題は、「上手くいかなかったら一緒になろう」の文面だろう。要は、娘は二番。スペア扱い。

本当に腹立たしい。

ここまでコケにされては、私も黙っていられないな。

「アイラ、慰謝料の額は幾らにしようか？」

今でこそ領地経営は上手くいっている。

だがそうでなかった時期は高利貸しをしていた。

勿論、家名は出さない。裕福な平民に擬態して。このことは友人は知らない。話したこともないからな。

嘗《かつ》て王都で名を馳せた悪名高い高利貸しの本領を見せてやろうじゃないか。

＊

あれから数年経ち、息子は王都の学校に通っている。

息子いわく「家は姉さんが継いだほうがいい。僕は文官をして独り立ちするから心配しないでいいよ」とのことだ。

わかる。物凄く理解できる。

アイラは婚約破棄の慰謝料で、大層儲けたからな。

まさか領地を一大カジノ都市にするとは思わなかった。

おまけに、カジノの収益金で商業ギルドを立ち上げたのには驚いた。あれは絶対にわざとやっている。

更には「お父様と同じことをしているだけよ」と笑顔で言っていた。

カジノの至るところで、消費者金融の店が堂々と商売をしている。

あまりにも非常識な方法に開いた口が塞がらなかった。高利貸しの店舗が軒を連ねて、しかも堂々と商売をしている。
「まじか……」

金貸しなんだぞ。
借金の申し込みを堂々とさせる気か？　だが、それが物凄く繁盛している。
堂々と借金する連中の気がしれない。
何度見ても非常識な光景だ。
「愛、それは愛～～。愛があれば〝アイリス〟が助けてくれる～～」
パレードの先頭で歌う歌姫たち。
この狂気の歌は、カジノのテーマソングのひとつだ。
〝アイリス〟は高利貸し店の社名。
美女が歌い、ファンシーな着ぐるみが踊る。
着ぐるみは、カジノのマスコットキャラクターだそうだ。
「何故、ネズミなんだ？」
初見の時は「なんの動物だ？　想像上の動物だろうか？」くらいのノリだった。

一見、ネズミとはわからない。おそらく言われたところで「まあ、そう言われると確かに」と思われる程度だ。

「だって、カジノは〝夢〟を売っているのよ？　ネズミは幸運の象徴だって誰かが言っていたわ。それに言われないとわからないとう要素がエンターテイメント的に評価されるのよ」とアイラに言われた。

「それにね、ネズミって頭いいじゃない。他国の御伽噺《おとぎばなし》じゃあ、ネズミが最強だって。一番強いっていう物語があるそうよ」

「ああ……。それは聞いたことがあるな」

「でしょ？」とアイラは満面の笑みを浮かべた。

その笑顔は清々しく、とても晴れやかで、そして――恐ろしかった。

元友人とその息子夫婦がカジノで大負けして、王都の別宅を売り払った。最終的には領地も爵位も返上し国を離れた。

彼らが今どうしているのかは知らない。知るつもりもない。

元友人からの国を出るという手紙には、「すまなかった」と書かれていた。

ああ、そういえば彼らから謝罪をされていなかったことに気づいた。

婚約破棄の話し合いの時も、慰謝料の話し合いの時も。「悪かった」と彼らは口にしなかった。

【縁切り（とある領主視点）】

『愛し合う者同士が結ばれるのは当然だろう！』

『婚約者のままでいさせてやっているんだ』

『このまま結婚したって構わない』

『だって伯爵子息だって同じことをしてるんだ。僕だっていいじゃないか！』

生まれた時から知っている少年。

息子同様に可愛がっていたのに、暫く会わない間に常識のない甘ったれの馬鹿になっていた。

友人もまた……。

『息子は再教育し直す』

『アイラちゃんだって今から婚約者を探すのは大変だろう』

『まってくれ、長男がだめなら次男はどうだ？』

『友人から慰謝料を取るのか⁉　それはあんまりじゃないか！』

バカだった。

なあなあで済まそうとしていた。

幾ら友人だからと言って、それとこれとは話が違う。許される範囲を超えていた。

泣き叫ぶ友人親子を見ても、「アホなんじゃないか？」としか思わなかった。

長年、親しく付き合ってきた者をいとも簡単に切り捨てる私とアイラは似た者親子なんだろう。

まあ、元友人の息子が感化されたのがコーネル伯爵子息だとは思いもよらなかったが。
「悪縁が切れたと考えればこれでよかったのかもしれないいな」
私の呟きを息子は不思議そうに聞いていた。
上の世代を反面教師にして生きろ。
のちに知る。
逆説も存在すると。
やらかした下の世代を反面教師にして上の世代は上手く貴族社会を泳ぐと。
また、やらかした上の世代を見て更にやらかす下の世代もいることに。

【領地経営（元婚約者視点）】

「どうなっているんだ‼」

領地に引っ越してからろくなことがない。

伯爵領は田舎だ。

領地経営は管理人に任せていた。

ルーナと婚約していた頃は彼女が領地経営をしてくれていた。

そのルーナも「王宮に勤めますので後は管理人に任せることにしましたわ。伯爵夫妻もそのほうがよいと。定期的に報告は受けていますので貴男も確認しておいてくださいね」と言い残して王宮勤めに行ってしまった。女が仕事なんて、とは思ったが、「次期伯爵夫人に相応しい」「国王陛下の秘書だなんてなかなかなれることではないわ」「ルーナ嬢を誇りに思え」と両親が言うのでそういうものかと受け入れた。

エミリーと恋に落ちて婚約は破談になったが、領地経営に問題はなかった。

ただ、管理人の給料が異様に高いことを除いて。

『ふざけるな！　たかだ管理人だろう！　給料が高すぎる！　下げろ‼』

俺の主張は当然だった。

なのに管理人は譲らなかった。

『坊ちゃんはなにを言ってるんですか？　これが適正な金額です』

『なに？』

『私はギルドからの紹介でここに勤めているにすぎません。雇用主と直接契約しているわけではありませんが、ギルドマスターとの契約があります』

『だからなんだ？』

『つまりですね、坊ちゃんの勝手にはできないということですよ』

『はあ⁉　俺はこの家の主だぞ⁉』

『正確には当主の息子です』

『同じようなもんだろう！』

『全然違いますが。まあ、いいでしょう。いいですか、坊ちゃん。契約は五年。更新するしないは雇用主の自由ですが、契約期間内の解雇はできません。つまり、坊ちゃんが「契約期間内に辞めろ」と命令してもこちらは「はい、わかりました」とはならないんです』

『そんな馬鹿な！』

『馬鹿でもなんでもそれが現実です。だから私は給料を下げられないんです』

『そ、そんな……』

『まあ、どうしてもと言うのならギルドと交渉するしかありませんね。その場合、否応なく契約破棄の手続きと雇用期間内の解雇ということで違約金が発生しますが』

『なっ‼』

『上手く交渉すれば安くはなる可能性はあるでしょう。多分』

その言葉に希望を見出して、俺は交渉に臨んだ。

管理人が言うギルドに。

『は？　解雇？』

『そうだ！』

『あぁ……そうですか』

『なんだ！　その態度は！』

貴族がわざわざギルドに赴いてやったのに、対応した受付係もギルドマスターという男も
「こいつなに言っているんだ」と言わんばかりだった。

『別に構いませんよ』

『いいのか！』

『ええ、違約金さえ払っていただければ』

『それはわかってる。だから交渉しにきたんだ』

『……あー、交渉ですか。わかりました』

ギルドマスターは面倒臭そうにそう言って、一枚の書類を取り出した。

それにはこう書かれていた。

【契約不履行により、違約金として金貨千枚をギルドに支払うものとする】

『なっ‼』

『どうしました？』

『高すぎるぞ！』

『ですから、最初にお伝えしましたが』

『知らん！』

『……こちらの書類、コーネル伯爵家にもお渡ししていますが』

『なに？』

『ご夫妻からも了承いただいてますよ』

『馬鹿な、そんなはずない！　管理人はルーナが勝手に雇ったんだ‼』

『交渉したのはヴェリエ侯爵令嬢ですが、雇用すると最終的に判断をくだしたのはコーネル伯爵です』

『そう……なのか？』

『はい。あくまでも雇用主は伯爵です』

ん？　なんだ？　妙な言い回しだが、まあいい。気のせいだろう。

『それで、どうしますか？』

【領地経営（元婚約者視点）】

『……違約金を減らせ』
『それはできません』
『金貨千枚は払えない』
『そうですか。なら契約満了を待てばよろしいかと』
『ぐぬぬ……』
それでは意味がない。
あんなバカ高い給料をひとりに払い続けるなんて……。
だが違約金が……。
契約期間を考えれば違約金を払ったほうがマシだ。
まだ釣りがくる。
『わかった。違約金を払う』
『では、こちらにサインを』
渡された書類にサインする。
違約金は後日支払った。
管理人も「では、ごきげんよう」と、あっさりと去っていった。
拍子抜けするぐらいに呆気なかった。
『くそっ！　なんなんだ！』

俺は行き場のない怒りを酒にぶつける。

自分でも何故怒りがこみあげてくるのか理解できないが、どうしようもない。

追いすがってくると思っていた。

あんなに高額な給料などよそにはない。

管理人をどう説得するか、ギルドをどう説き伏せるか、と色々考えていたんだ。

まあ、いい。

明日から新しい管理人を募集しよう。

どうせすぐに見つかる。

今度はちゃんとした給料で雇う。

＊

『なんだこれは⁉』

募集をかけても人は集まらなかった。

理由は、「給与が安すぎる」「この仕事量でこの給料は割に合わない」「もっと支払ってくれるところは幾らでもある」など、どれもこれもが否定的なものばかり。

父に訴えても「お前が勝手にやったことだろう」と、取り付く島もない。

【領地経営（元婚約者視点）】

何度募集をかけても集まらないなど異常だ。

誰かが邪魔をしているに決まっている。

ギルドが怪しい。

俺はギルドに駆け込んだ。

『どういうことだ‼』

『なにがですか？』

『募集をかけても誰も来ないぞ！』

『それはそうでしょう』

『なに⁉』

『コーネル伯爵家は信用ならないと皆が知っているからです』

『どういう意味だ！』

『そのままの意味ですよ。契約を簡単に破棄する家だと噂が広がっていますからね』

『誰だ！　そんな根も葉もない噂を流したのは！』

ギルドマスターに詰め寄るが、「さあ？」と肩をすくめられる。

『まあ、伯爵家の評判は最悪ですからね。自業自得でしょう』

『なんだと⁉』

『貴族としての責任感をまったく感じさせない放蕩三昧の日々だったとか』

『違う‼』

『違わないでしょう。長年の婚約者を蔑ろにしてほかの女性と遊び呆けていたんでしょう？　領地経営だって婚約者に丸投げで、王都に行ったきり戻ってこない。挙句の果てが別の女を孕ませて婚約破棄』

『それは……』

『だから言ったでしょう。噂が広がっていると。王都じゃないから噂にならないとでも思っていましたか？　甘いですね』

『ぐっ……』

『まあ、もう遅いです。ご愁傷様』

ギルドマスターは話は終わりだと打ち切った。


なんだ！　その態度は！

ギルド如きが！

『待て！　話がまだ‼』

『いいえ、終わりました』

『俺は次期伯爵だぞ！　その俺にそんな口を利いていいと思っているのか！』

『貴男が当主になるまで伯爵家が残っているといいですね』

【領地経営（元婚約者視点）】

『このっ！』

俺は手を振り上げていた。

だが、その手は振り下ろされることはなかった。

何故ならギルドの警備兵が俺の腕を掴んでいたからだ。

『な、なにをする！』

『ギルド内で暴力行為は禁止です』

『俺は次期伯爵だぞ！』

『規則は規則です。第一、ギルド内での争い事は両成敗となりますがよろしいですか？』

『くっ……くそっ！』

逃げるようにギルドから飛び出した。

そうするしかなかった。

なにが暴力行為は禁止だ！

暴力を振るってきたのはそっちだろう。

俺がギルド内で騒いだせいで注目の的になっていた。

いつの間にか噂が広まっていた。

周囲を味方につけて俺の悪い噂を流すとは卑怯が！

＊

領地経営をどうするか。
初めは父も手伝ってくれていた。
正直ありがたい。
ただ、遅い。
丁寧なんだが、遅すぎる。
これは俺がやったほうが早いんじゃ？　そう思ってしまった。
そうだ。
自分でやればいいじゃないか！
領主としての教育を受けている俺なら簡単じゃないか。
そう思ったのは最初のうちだけだった。
いざ、取りかかると想像以上の大変さだった。
収支の計算に書類作成。
帳簿は毎日記帳して、領税も算出しなければいけない。
なにか問題があった場合に備えて常に目を光らせていないといけない。
とにかくやることが多すぎた。

【領地経営（元婚約者視点）】

手が回らないうちにほかの領主との取引や商会との取引の更新期間がすぎていた。

「あぁぁ……どうすれば……」

頭をフル回転させても解決策が浮かばない。

扉が開く音にも気づかなかった。

「テオドール様」

「エミリー……。どうしたんだ？」

「最近ずっとお仕事ばかりでしたので心配になって」

「そうか……。すまない。寂しい思いをさせたな」

「今が大変な時だと知っていますから。私は大丈夫です」

「そうか……。ありがとう……」

エミリーの優しさに涙が零れそうになる。

生まれてきた息子のためにも頑張らなければ。

この時の俺は知らなかった。

貴族だけでなく領民からの信用も失っていたことを。

【愛息子】

息子は今日も機嫌よくベビーベッドでお昼寝中です。

時たま、くふふ、と笑っているのは夢見のいい証拠。

「パパだよ」

陛下は息子の頬を人差し指でぷにぷにと触り、愛おしそうに目を細めています。

「可愛いな。ゆっくり大きくなるんだよ。急がなくていい」

息子のソレイユが生まれてからずっとこの調子です。

毎日、離宮を訪れては飽きることなく息子の寝顔を眺めていらっしゃいます。

ソレイユはとにかくよく寝る赤ん坊で、一日の大半は寝ているくらい。一度、なにかの病気ではないかと、医官長に聞きましたし、実際に診察してもらったくらいです。もしや、先天的な病では？と気をもみましたが、医官長は笑って「健康そのものでございます」と太鼓判を押してくださいました。


最初は「こんなに寝るのに？」と驚きました。

私が読み込んだ育児書には、赤ん坊の大変さがこれでもかと書かれていましたし、子育て経

【愛息子】


験者も「寝不足で死にそうになります」と口を揃えておりました。ですが、実際の息子は、手がかからない赤ん坊。

あまりに大人しく寝ているので「息をしているのかしら？」と呟いて周囲を慌てさせたほどです。「王子殿下に毒が盛られた」と大騒ぎになりました。

過剰に反応しすぎでは？と首を捻りましたが、ここは後宮。息子が毒殺される危険性は常に孕んでいることを思い知らされました。離宮の警備は万全とはいえ「もしも」の可能性はなくはありません。まして、息子は王子。陛下の第一子にして男子なのですから。王太子の地位についていたとしても安全ではないと、そういうことなのでしょう。

「心配するな、ルーナ」

「陛下……」

「そなたも息子も私が守る」

陛下の力強いお言葉に思わず笑みが零れました。

入内する前は陛下は仕事人間だとばかり思っていましたが、意外なことに子煩悩。

子育てを率先して行う姿勢は、王宮勤めの女性たちの好感度を爆上げしました。とはいえ、陛下はお忙しい方。公務とか、公務とか、公務などで。当たり前ですが、息子とすごす時間は限られています。それでも一緒にいられる時間を大切にしてくれます。

「私は家族に縁がなくてな。早くに両親を亡くしている。ほかに兄弟もおらぬ。……皆、幼くして不幸に遭ってしまった」

「陛下……」

「こうして家族とすごせるなど夢のようだ」

そっと私の手に口付ける陛下。

「そなたは私にとってかけがえのない存在だ」

寂し気で儚い微笑み。

私はそっと陛下の手を握り返しました。

「私たちは家族です」

「ルーナ……」

「私と陛下は事故のように夫婦となりました」

私の言葉にシュンとする陛下。

まるで小さな子供のようです。

年上の男性に対して思うことではないのかもしれませんが、少しキュンとします。なにというのでしょうか。こう、母性本能をくすぐられるというか。

「ですが、縁がありこうして夫婦になり、息子を授かりました」

「……うむ」

「家族とは支え合うものです。後宮は怖い場所ですが、なにも敵だらけというわけではありません。味方してくださる方々も多くいます。私たちは皆で陛下を支えていきたいと、そう思っています」

「そうか。……そうだな」

「はい」

「これからも私を支えてくれるか？　ルーナ」

「勿論です」

「ありがとう」

微笑む陛下に、私もにっこりと微笑み返しました。

家族を亡くす悲しみは私も知っています。

両親を早くに亡くした私と陛下はある意味で似た者同士なのかもしれません。

だからこそ、陛下を支えていきたいと、そう思ったのです。

家族として。

アマーリエ様をはじめとした妃たちも陛下を支えていらっしゃいます。

王妃として、まだまだ未熟な私ですが、陛下の妃として頑張っていきたいと思います。

息子もいますし、きっと大丈夫！

こうして新たな決意を胸にしたのです。

ただ、この部屋には私と陛下以外の人たちもいて、当然、私たちのやり取りを彼らは見て聞いています。

メイドや護衛だけではありません。

陛下の側近、ソレイユを見に来ていた妃たちも。

「陛下、あざといですわねぇ」

「ご自分の身の上を利用してルーナ様の同情を引いているところなんて確信犯でしょう」

「いえいえ、ここは全力でルーナ様を籠絡《ろうらく》しにかかっているとみるべきですわ」

「ええ、ルーナ様は陛下に恋焦がれているわけではありませんからね」

「利用できるものはすべて利用していくという意気込みを感じますわね。さすがは陛下」

妃たちのコソコソ話は私と陛下には聞こえない声量でした。

「子は鎹《かすがい》と言いますからね。ソレイユ王太子殿下をダシにして、ルーナ様の弱い部分を的確に突いていますわ」

「恋愛に疎いルーナ様には効果抜群でしょうね」

「本当に。きっとルーナ様はご自分が計画的に妊娠させられたなんて夢にも思っていないのでしょうね」

「そこが陛下の計算高いところでもありますわ」

「陛下は長期戦の構えですから。ルーナ様が籠絡されるのも時間の問題でしょうね」

「このまま第二子を仕込むに違いありませんわよ」

「御子は何人居ても困りませんからね」

「ええ、御子が多ければ多いほどルーナ様の枷になりますもの」

妃たちの会話は続いていますが、私と陛下の耳には届いていません。

聞こえていたらきっと気まずいこと間違いなし。私もどういうことなのかと陛下に問いただしていたでしょう。妃たちもそれを理解しているので私に聞こえないように話されていました。

妃たちは全面的に陛下の味方。陛下の言動をそっと見守りつつ、応援していたことを私は知りませんでした。

陛下の私への並々ならぬ思いを知り、妃たちに温かい目で見られていることを知るのはもう少し先の話。

すべてが陛下の計算の上だったと知るのは、更に後の話。

妊娠しやすい時期を狙っての計画的な犯行だと知ることは、終《つい》ぞありませんでした。

陛下の私への愛は深く重いものだということは、私よりも周囲のほうがよく理解されていたようです。

＊

数ヶ月後、ソレイユの離乳食がはじまりました。

「あーうー」

「美味しいか？」

「うー！」

「そうかそうか」

ソレイユに食事を与える陛下。

そんな陛下を見る周囲の目は温かい。

息子にメロメロの陛下ですからね。当然と言えば当然でしょうが、ソレイユは好き嫌いがありませんから。

「次はこれだな」

「あー！」

嬉しそうに離乳食を食べるソレイユ。

そんな父と子のふれあいは見ているのは微笑ましいのですが……ソレイユ、食べすぎでは？

ひな鳥のように口をパカッと開けて待つソレイユ。

陛下は甲斐甲斐しく食べさせています。

「美味いか？」

「うー！」

「そうか、そうか」

にこにこと笑っているソレイユ。

空になった器を見て、また次の食事を用意する陛下。

……あの、陛下？　そろそろソレイユのお腹が膨れてきたのでは？

「あー」

まだ食べる気ですか！

恐ろしい食事量に私は内心引いていました。

「うむ、よく食べたな」

「あーい！」

元気いっぱいに返事をする息子。

ぽっこりお腹に満足げな笑み。

食べすぎてお腹を壊さないか心配です。

＊

「まったく問題ございません。王太子殿下は健康優良児そのものでございます」

医官の言葉を怪しんだ私ですが、医官長からも太鼓判を押されました。

「驚くほどの健康体です」と断言されてしまえば、信じるほかありません。

たとえ、からくり人形のようにパカパカと離乳食を食べたとしても健康児なのです。

あの小さな体のどこに入っていくのかは謎ですが。

よく食べてよく眠るソレイユはすくすくと成長していきます。

寝る子は育つとはこのことですね。

食べている以外のほとんどの時間を寝てすごしている息子です。

最近では私もソレイユにつられてお昼寝をするようになりました。

目を覚ましたらいつの間にか陛下に抱きしめられていることが多くなり、親子三人で眠る日々。

陛下は甲斐甲斐しく私とソレイユの世話を焼きます。

「ルーナ、ソレイユ」と優しく呼ぶ陛下は、夫の顔と父としての顔の両方があります。

朝は一緒に朝食を取り、夕方になると仕事を終えた陛下が戻ってこられます。

後宮内とは思えない、普通の家庭のように。

穏やかな日常に私がすっかり慣れ親しんだ頃に発覚するふたり目の懐妊。

「おめでたでございます」と笑顔でそう告げる医官長の言葉に、陛下が目を見開きます。

「ルーナ」

「はい」

「でかしたぞ!」

大喜びする陛下に抱きすくめられました。

「そなたと私の子だ。この子もきっと可愛いだろう」

嬉しそうに笑う陛下は、それは幸せそうで。

ああ、この笑顔を守りたい、と自然と思いました。

【数ヶ月後】

数ヶ月後――

現在、妊娠八ヶ月目。

お腹の中の子供は順調に育っているようです。

今回は初産の時とは違い悪阻で苦しむこともなく、寝込むこともあまりありません。

食べ悪阻というものがなかったのは安心しました。

ソレイユの時は食べ悪阻がひどくて。

『食べるのを止めたほうがよろしいのではないでしょうか？』

食べては吐くを繰り返す私にリーアは心底心配そうに言っていました。

私だって別に好きで食べていたわけではありません。

食べている時は吐き気がマシになるんです……ただ、その後に吐くので結局食べる前よりも状態がほどくなるのですが。

ですが、二度目はそんなことはなく、ホッとしました。悪阻も軽めで、これなら大丈夫そうだと安心したものです。

子供を身籠る喜びに浸れる感動の時間。

最初の懐妊では浸れる余裕はまったくありませんでした。

ひたすら吐いて吐いて吐きまくる。

そんな日々でしたから……。

二度の妊娠を経験してみて思いますが、悪阻にも個人差があるようです。

もしくはお腹の子供の自己主張？とでも言いましょうか。

ソレイユはお腹の中にいた時から自分の存在を主張したいのか、しょっちゅう内側からドコドコと蹴っていました。

それに比べたら二番目の子はなんと静かなこと。

これが普通なのかどうかわかりませんが、蹴るよりも静かにしているほうが多いような気がします。

性格的に大人しい子なのか……それとも、これから出てくるのを静かに待っているだけなのでしょうか？　どちらにしろ順調なのはよいことです。

子供のことはともかく、最近、陛下の様子がおかしいのが気になります。

なにと言えばいいのでしょうか？

困惑しきりの私をよそに周囲は温かい目で見守る姿勢。

これは一体……。

*

「陛下が、ですか？」

「はい」

「王妃陛下、具体的にどの辺りがおかしいのでしょうか？」

「そうですね……」

アマーリエ様の問いに私は最近の陛下の言動を思い起こしました。

「よく触れてくるのです」

「よく触れてくる……と言いますと？」

「はい、肩を抱いたり、腰に手を回してきたり。陛下は夫婦のコミュニケーションと仰るのですが、四六時中、隙あらば……なのです。一日に何度も……」

「まあ」

「さすがに人目があるところでは控えていただけるのですが……」

日中の執務中はお膝の上に座らされることはないものの、陛下のスキンシップが過剰気味なのは変わりません。

「そ、それに……」


【数ヶ月後】

「それに？」

「その……甘い言葉も言ってくるのです」

「まあ！」

「垂れ流し状態なのです。ところかまわず、とても甘ったるい言葉を……いたたまれないのです……」

「あらあらまああ」

陛下の最近の言動を語れば語るほど、アマーリエ様の顔が……。

口に手を当てて驚いていますが、その目は微笑ましいものを見るかのようです。

陛下の奇行とも言える行動の数々を聞いて何故そんな顔をするのか不思議でなりません。

「王妃陛下の仰りたいことはよくわかりましたわ」

「アマーリエ様？」

「王妃陛下」

「はい」

「慣れてくださいませ」

「な……れ？」

「はい」

それはもう美しい笑顔で言われました。

【数ヶ月後】


私は陛下をどうにかしてほしくてアマーリエ様にご相談したのですが。

アマーリエ様は陛下の従姉姫。

国王陛下の数少ない理解者にして、頭の上がらない相手でもあります。

陛下の奇行を諫めていただきたかったのですが、何故か陛下を諫めるのではなく、私が慣れてしまえと諭されました。

「よろしいですか、王妃陛下」

「はい」

アマーリエ様は私に諭すように言われます。

「保守派の貴族たちがまた妃の人員増加を望んでいるのはご存じですね？」

「はい。ですが、後宮の妃の人員は昔から決まっています。陛下もこれ以上増やす気はないと仰っているのですが……」

「納得していないのでしょうね」

「アマーリエ様の仰る通りです。保守派の貴族は何度も陛下に進言しておりますが、陛下は無視され続けています。当然、保守派の者たちは誰ひとりとしてこの状況に納得していません」

「保守派の貴族たちは自分たちの娘を後宮に入れたがっていますからね」

「はい」

後宮の秩序を乱しかねないと陛下も嫌がっています。

「だからこそ、両陛下が仲睦まじいところを見せつけて、黙らせなければなりませんわ」

「仲睦まじい……ですか？」

「王妃陛下は国王陛下の寵愛を得て王太子殿下をお産みになりました。更に二度目のご懐妊。王妃陛下はお若いのでまだまだご懐妊される可能性は高いですわ」

「そうでしょうか？」

「はい。両陛下の仲睦まじいご様子を見せつけて、保守派を黙らせましょう。きっと上手くいきますわ」

アマーリエ様にそう言われては返しようがありません。

王妃の立場になっても後宮を統べているのはアマーリエ様です。

私は頷くことしかできませんでした。

【暗躍1（マルガレータ上級妃視点）】

「失敗したですって⁉」

「はい」

「これで何度目だと思っているの！」

「な、なんでも王妃陛下の護衛は凄腕のようで……」

「こっちだって超一流の暗殺者を送り込んでいるじゃない！」

陛下の子を孕んだ憎らしい女。

新参者の分際で。

格下の侯爵家出身が。

「生意気な！」

最初の懐妊発表を聞いた時は目の前が真っ暗になった。格下の分際で。

陛下の子を宿すなんて。

許されない罪だわ。

私自ら命じるつもりだった。

胎の子をおろすように――

この私がわざわざ女の離宮に向かったというのに。
あの忌々しい女は礼儀も知らなかった。
女の離宮で「国王陛下の命を受けております」と護衛兵に門前払いをされた。
この私に、慇懃《いんぎん》無礼《ぶれい》な態度を崩さない護衛兵。
無礼はその後も続き、私に有無を言わせずに追い返した。
話はそれだけでは終わらず、陛下の不興を買った私は自分の離宮に閉じ込められた。
私がなにをしたというの！
『陛下からのご命令です』
女官長にそう言われ、外に出ることを禁じられた。
私が何故、こんな目に遭うの！
納得いかないまま時は経ち、あの女はとうとう王子を出産した。
王国中が慶事にわくのを指をくわえて見ていることしかできなかった。
国中の貴族たちが集う中、あの女は陛下の隣で誇らしげに微笑んでいた。
女は王妃になり、数ヶ月後、再び身籠った。
『なんですって⁉　ふたり目⁉』
また、あの女が懐妊した。
『王妃陛下の離宮はそれは華やかな御様子でしたわ』

【暗躍１（マルガレータ上級妃視点）】

『陛下も王妃陛下を大層、ご寵愛されていらっしゃるようで』

『きっと王妃陛下が陛下を引き留めてらっしゃるんですわ』

『お世継ぎを儲けていますしあり得る話です』

『すぐにふたり目を懐妊したのがなによりの証拠ではないでしょうか』

他の妃たちから伝わってくる様々な話に胸をかきむしりたくなるほどの屈辱を味わった。

『マルガレータ様、このままでよろしいのですか？』

いつも私の横に座る中級妃が囁くように言う。

『このままでは、陛下のご寵愛は確実に王妃陛下のものになってしまいますわ』

わかっている！　そんなこと！

『マルガレータ様は、ルブロー公爵家のご令嬢。本来なら王妃陛下になってもおかしくない御方ですのに』

黙れ。そんなことは自分が一番わかっている！　でも、仕方がないじゃない。

お父様に訴えても「一日も早く御子を儲けろ」の一点張り。

私はお父様から陛下に口添えしてくれるよう手紙を何度も出しているのに！

御子を儲けなかった私が悪い。

王妃の地位をかすめ取られた私が悪い。

では、どうすればよかったの！

『後宮は女の園。妃の争いに基本男性は関与できないとは申せ、あまりにも理不尽ですわ。家の男たちは簡単に懐妊しろと言いますが、それができれば苦労などしませんわ』

『そうね……』

私もそうだけど、あの女以外は誰も身籠らなかった。

『マルガレータ様、まだ勝負は終わっていません。私にお手伝いさせてくださいませ』

中級妃の親身な発言に自然と手を取っていた。

彼女の言う通りだ。

誰であろうと許さない。

もう二度と私以外の女が陛下の子を産むなど許せない。

手段は選ばない。

どんなことをしても子はおろさせる。

そうして幾度となく、あの女の元に暗殺者を送り込んだのに。

「何故なの⁉　どうしてよ！」

失敗の連続にギリギリと爪を噛んでしまう。

誰ひとりとして帰ってはこない現状に苛立つ一方だった。

腹立ちまぎれに、茶器を壁に投げる。

無残にもバラバラになった陶器の欠片から目をそらし、拳を強く握る。

どうあっても近づくことすらできない女の顔が脳裏にちらつき、更に怒りが募った。

同時刻に今回の失敗を知り溜息をついている妃がもうひとりいたことを私は知る由もなかった。

＊

【暗躍１（マルガレータ上級妃視点）】


「そう……また失敗したのね」

「申し訳ございません」

「仕方がないわ。相手は王妃陛下ですもの。守りが厳重なのは仕方がないわ」

「……」

「大丈夫よ。暗殺部隊を使ったのだから覚悟の上でしょう」

「名を明かすことは決してございません」

そうなる前に自死を選ぶように訓練されていると言わんばかりの男の言葉に中級妃は「わかっているわ」と頷いた。

「でも……これで、またマルガレータ様はお怒りになるわね」

「……」

「その様子ではまた誰かが折檻《せっかん》を受けたのかしら？」

「新人の侍女がひとり」

「そう……。マルガレータ様の癇癪《かんしゃく》も困ったものよね」

中級妃は、マルガレータが侍女を折檻している現場を見たことがあった。

侍女の怯えようからして、かなりひどい折檻をしているのは明らかで。

侍女の側の不手際を責めるのならわかる。

だが、侍女になにも非はなかった。

「マルガレータ様はますます情緒不安定になっていくわ。困ったものね。何故かしら?」

「……」


あからさまな話題転換に暗部は口をつぐんだ。

「……まあ、いいわ。次をお願いするわ」

「……かしこまりました」

誰もが寝静まった深夜。

暗闇でも問題なく行動できる暗部に次の暗殺を命じた中級妃と命じられるがまま動く暗部。

中級妃の寝室が暗躍の現場と化しているなど誰が考えようか。

ましてやマルガレータ上級妃の片腕と目される妃を誰が疑うというのか。

闇に生きる者たちは、静かに行動を開始する。

王妃陛下とその胎の子に死を――

【暗躍2（国王視点）】

深夜。

私はルーナを起こさないようにひとり寝台を抜け出すと、別室に移動した。

「待たせたな」

別室にはリュークが控えていた。

「報告を聞こう」

私はリュークに言った。

「はい。賊《ぞく》を捕らえました」

「またか。これで何人目だ？」

最近、夜の後宮内で賊を捕らえることが頻発していた。その数は既に三桁に達しようとしている。

「……彼《か》の方の手の者と思われます」

リュークが告げた言葉に私は鼻を鳴らした。

「深夜の来訪者か……迷惑なことだ。殺してはいないな？」

「はい、尋問中です」

【暗躍２（国王視点）】

賊という名の暗殺者。

狙いは王妃だ。

すべて、というわけではないが大半はマルガレータ上級妃の仕業だ。

暗殺者は一流揃い。

全員を捕らえることはできなかった。

失敗すれば死、と言わんばかりに捕らえられる寸前もしくは捕らえられた後に隠し持っていた毒で服毒自殺している。

「よほど訓練されているのだろうな」

そうでなければ即効性の高い毒は常備しない。

死なぬよう拘束しているが油断はできない。

「首謀者の名前は出さぬか」

「はい」

本当によく訓練されている。

さすがというべきか。

「まあよい。証拠は揃っている」

愚かな女だ。

自分の行いが実家を、ひいては一族を破滅へと誘《いざな》っていることにまったく気づいていない。

それは、あの男も同じ。

上手くやっていると、上手くできたと思い込んでいる。

自分たちの首を絞めているとも知らずに。

こちらとしてはいつでも連中を破滅させることができる。

さて、どうやって落としてやるか。

こちらから仕かけてやるのも一興だ。

あの男の悔しがる顔はさぞかし見物だろう。

それともジワジワと追い詰めてやろうか。

希望もなく未来もない。閉ざされた世界で、這い上がることもできないと気づき絶望する姿は想像するだけで笑いがこみあげる。

奴らの失脚計画を練るのも悪くない。

「陛下、実はお耳に入れたいことが」

控えるリュークに告げられ顔を上げる。

「なんだ?」

リュークが更に声を潜めた。

「例の者が動きを見せはじめました」

「ほう、それは面白い」

私は口角を上げた。

「ようやくか」

「はい」

リュークも頷く。

「では、こちらも動くとしよう」

あの男もとうとう業《ごう》を煮やして動き出したか。

＊

私は自分が〝いい性格〟だと知っている。

聖人君子ではない。

やられたらやり返す。

かなり好戦的な性格だ。

『陛下、こういうことは我々がいたしますから、陛下は極力手を出されないように』

『王が動くのは最後の時だけです。先頭に立つ必要はございません』

小言を言ってくれた側近はもういない。

耳に痛い忠言はもう聞けなくなってしまった。

『やるなら確実に。万全の策を練る必要が』
『焦らずにじっくりと。準備を入念に。そして、確実に実行するのです』
『チャンスというものは必ず訪れます。反撃の機会を逃さないことが重要なのです』
懐かしい声がよみがえる。
藍色の髪の彼の戒めを思い出して心の中で苦笑した。
あの日から随分と時が経った。
私は随分と年を取ってしまった。
青臭い理想のせいで失ったものは多い。
仮面を被り、時に狡猾な手段も必要だと割り切るようになった。
「彼が今の私を見たらなんと言うか……」

成長した、と喜ぶだろうか。
国王らしくなった、と苦笑するかもしれん。
いいや、案外、普通に受け入れるかもしれんな。
彼はルーナの父で、宰相の息子だ。
国王を相手に落胆もせず、過度な期待もしない側近だった。
『年若い陛下ひとりにすべての重荷を負わせるわけにはいきません』

【暗躍２（国王視点）】

私が周囲の過度な期待に押し潰されないようにと言ってくれた。

「長かった」

あの男の思惑通りに後宮の半数を保守派で固めてやった。

それで満足していればいいものを。

人の欲とは際限がないらしい。

「大人しくしていれば見逃してやったが……」


愚かなことだと、何故気づかない。

「さて、どうしてくれようか」

私はこれからの策に思いを馳せた。

連中は気づいているのだろうか。

自分たちが従う男の正体を。

奴がなにをしたのかを。

あの男はアマーリエの婚約者を手にかけている。

病気と発表されているが、あれは毒殺だった。

毒とは判別がつきにくい代物を長期にわたって盛られ続け、アマーリエの婚約者は命を落としたのだ。

「本当に愚かだ」

相思相愛のふたりだった。

愛し合って婚約した者同士。

アマーリエは死してなお婚約者を愛した。

一時は婚約者の後を追って死にかねないほどだった。

生涯、アマーリエは婚約者を愛した。

あの男とその一派には理解しがたいのかもしれん。

ほとぼりが冷めればアマーリエは別の男と婚姻する。

王家の血を濃く引く公爵令嬢。

奴らはアマーリエの覚悟を見誤っている。

多くの求婚者を尻目に、修道院に入ったアマーリエ。

修道院で心穏やかに暮らしていた彼女をそこから引っ張り出した私も人のことは言えない。

『還俗《げんぞく》し、後宮に入ることに関して異存はございません。わたくしも王家の血を引く者。義務を果たさねばなりますまい』

保守派を押さえるために、やむを得ずアマーリエを還俗させた。

後宮の舵取りをさせるために。

『陛下のご判断に間違いはないと思っております。わたくしは、わたくしのできることを行うまでです』

そう言ってアマーリエは後宮に入った。入ってくれた。

「ようやく約束を果たせそうだ」

入内する際、私は彼女と約束を交わしていた。

『ひとつ、お願いがございます』

遠い日の約束が、今、果たされようとしていた。

それが人として正しいかどうかは別として。

【保守派の終わり（アマーリエ上級妃視点）】

『王太子を産んだことで王妃陛下は図に乗っているわ』

『本当に。運よく男児を産んだだけの存在ではないの』

『まったくだわ。王子を産めたからこそ正妃に昇格しただけの分際で』

『御子を盾に陛下がこちらに渡らないように画策しているに違いない』

保守派の妃たちから洩れ聞こえてきた根も葉もない噂に、苦笑するほかありません。

見当違いなその内容を信じる者は、わたくしの離宮にはいません。

「彼女たちにも困ったものですね」

「はい、王妃陛下が懐妊なさって以来、保守派の方々が騒がしくていらっしゃいます」

保守派の妃たちは実家になにか言い含められているのかもしれません。

もしくは王妃という地位を得られなかったことを不満に思っていて、ご自分の娘たちに手紙で示唆したのかもしれません。

どちらにしても、「子ができなければ王妃には相応しくない」と言い出したのは彼らです。

嘗ての自分たちが放った言葉に苦しめられることになるとは当時は思いもしなかったでしょう。

【保守派の終わり（アマーリエ上級妃視点）】

「王妃陛下のお身体を気遣ってか、噂ひとつ入らないようにしているそうです。お腹の中の御子様に悪影響だと陛下が心配をされたようで」

わたくしを安心させるように微笑むカティア様の話にホッと息をつきました。

「相手が王妃陛下だと知った上での侮辱……。ここが後宮でなければ不敬罪に問われていたことでしょうに……」

「まったくです。あの王妃陛下が無理難題を陛下に申すはずがありません。まあ、その逆はありそうですが」

苦笑交じりに付け加えた言葉にわたくしも笑みが零れました。

カティア様の言う通りです。

陛下の御心はどこにあるのか。

誰を想っていらっしゃるのかなど。

きちんと見ていればわかりますのに。

嘆かわしい。

「陛下の言動はとてもわかりやすいものですのに。あれがわからないというのですからよっぽどですよ。思い込みとは凄いことです。憧れはまったくしませんが、ある種、幸せな人たちなのかもしれませんね」

「カティア様ったら」

「後宮に何人妃を入れたところで陛下の寵愛を得られるとは限りませんのに。そろそろ保守派の貴族たちは現実を直視するべきですわ」

「彼らが諦めることはないでしょう」

「諦めの悪さだけは天下一品ですからね。あの手この手と。鬱陶しいことこの上もありません」

きっぱりはっきり物を申したカティア様は晴れやかな笑顔で伸びをいたしました。

「あの諦めの悪さを別のことに向けていれば大成できそうなのに。残念な人たちですこと」

カティア様の歯に衣着せぬ物言いに笑みが零れるばかりです。

彼女とは昔馴染みで、わたくしの良き理解者でもあります。

ふたりでの茶会はどうも昔を思い出してなりません。

お互いに気心の知れた者同士、飾らない会話が心地よいのです。

「何事もなければいいのですけれど」

カティア様の言葉に頷きました。

「そうですね」

「王妃陛下がご出産なされた暁には、陛下は後宮を閉鎖なさるかもしれませんが」

「それはどうでしょう。まだなにも片付いていませんわ」

保守派の貴族は烏合《うごう》の衆《しゅう》ですが、侮れない存在でもあるのです。

少しずつですが確実に力を落としてはいますが、完全に潰れさせるまでにはもう少し時間が必要なのかもしれません。

「陛下はどうお考えなんでしょう」

「色々とお考えではあるのでしょうが……わたくしたちには教えていただけないでしょうね」

「アマーリエ様」

わたくしの言葉に、カティア様が深刻そうに言葉を詰まらせました。

そんな顔をさせたいわけではありませんでした。

思えば、カティア様には心配ばかりかけていますわ。

本来ならこのようなところにいる女性ではありませんのに。

『アマーリエ様が入内なさると聞きましたので、私も参りました』

後宮に入り時を置かずして中級妃として入内したカティア様は、わたくしにそう告げたのです。

わたくしのために敢えて縁談話を受けずに後宮に入ったのだと知り、大変驚かされたことを覚えています。

カティア様はとても人気の高い令嬢。

引く手数多だったことでしょう。

そんな彼女が後宮に来てくれたことは感謝しかありません。

彼女の存在は心強うございました。

こうして笑い合いながら愚痴を言い合えるのですもの。

「すぐにどうなるものでもございませんでしょう。陛下が後宮を閉鎖なさる時はきっとすべてが片付いてからになりますわ」

保守派の勢力を一掃してから。

力でもって完全に弾圧できるようになってから。

わたくしもまたそれを願っているひとりなのです。

そのためならば協力も惜しまないつもりですわ。

まだ先の話と思っていたのです。

その日のうちに現実となるだなんて考えも及びませんでした。

＊

「やけに外が騒がしいですわね。なにかあったのかしら」

夜の後宮は静まり返っていました。

さほど遅い刻限ではありませんが、ある程度静かなものです。

そのはずが珍しく騒がしいのはどうしてでしょう。

「確認して参ります」

【保守派の終わり（アマーリエ上級妃視点）】

不穏な雰囲気を察した侍女頭はすぐに対応すべく動きました。

「決してお部屋からお出になりませんように」

「わかっていますわ」

嫌な予感がします。

足早に出ていった侍女頭の帰りをそわそわした気持ちで待つほかなく。

戻ってきた侍女頭が真っ青な顔で告げたのは驚くべきことでした。

「マルガレータ上級妃様がご乱心なされました」

「乱心……」

「はい、王妃陛下暗殺の容疑者として捕らえられた模様です」

「なんてことなのっ……」

想定外の出来事に暫し言葉も出ません。

「王妃陛下はご無事なの？」

「はい。暗部の者たちは一掃されたそうです」

「よかった……」

翌日、マルガレータ上級妃が人を雇い王妃陛下暗殺を目論み実行したとして捕らえられたことが公表されました。

関係者は多数に及びました。

保守派の貴族たち、その一派、そして、マルガレータの生家である公爵家もです。

保守派の妃たちは無期限の謹慎を陛下直々に命じられ、彼女たちの家は爵位を取り上げられ、領地は王家直轄地となりました。

辛うじて、保守派の筆頭であるルブロー公爵家はお取り潰しを免れました。

しかし、ほかの貴族は軒並み爵位の降格や領地没収と相成ったのでございます。

ルブロー公爵自身も謹慎を申し渡され、屋敷から出ることを禁じられました。

御息女であるマルガレータ上級妃のことを思えば、謹慎が申し渡されただけでも恩情が与えられたと言えるでしょう。

元を辿れば、王家からわかれた公爵家。

血筋は薄くなりましたが、王家の血を引いております。取り潰しをするのは更なる混乱を招くだけと判断されたのでしょう。

これらの騒動は王妃陛下の出産の直前に起きました。

「つまりません。国王陛下対保守派の対決が見られると思っていましたのに。あれはワザとです。罠をしかけて獲物が引っかかるのを待ち構えていたんですよ。ええ、そうに決まってます」

事がすべて済んでの話になり、カティア様は実に悔し気なお顔をされました。

【保守派の終わり（アマーリエ上級妃視点）】


カティア様の言うようにわざと仕組まれたものではないかと。それに関しては、わたくしも同意見です。

保守派が最後に牙を剥く前に手を打ったとも考えられます。

「腹黒同士の対決になると思っていましたのに～～！　せっかく、断罪劇が見られると思っていましたのに～～！」

きぃーっと悔しそうに叫ぶカティア様。

「カティア様ったら……」

物語ではないのですから、断罪劇は無理がありますわ。

もっとも、昔の国王陛下ならそうしていた可能性もありましたけれど。

真っすぐすぎる若き王は、年月とともに狡猾さを身につけていったのです。

「龍虎相うつところを見られると思っていましたのに～‼」

悔しそうに叫ぶカティア様。

実際、陛下と保守派の筆頭が戦うことはあり得ないのですが……。

ところで、カティア様。

龍は陛下でしょうが、虎はどちらを意味しているのでしょう。

表の虎でしょうか。

それとも裏の虎なのでしょうか。
どちらにしても虎は二度と表舞台に立つことはないでしょう。
なにしろ、おふたりともいいお年ですもの。

【出産】

保守派が一掃され、数日後。

「リーア」

「はい、王妃陛下」

「産婆を呼んできてくれないかしら。どうやら……生まれそうだわ」

「‼　かしこまりました。王妃陛下」

慌てて部屋を出ていくリーアに、「転ばないようにね」と声をかける。

いつもの冷静さをかなぐり捨てた姿は年相応に可愛いし、呆れてしまうほどに普段の姿とは別人です。

私が出産の兆候が現れても動揺することなく落ち着いていられるのは二度目だからなのでしょうか？

前回の経験を生かして事前に準備していたので多少余裕があると言われればあると思います。

十分後にリーアが息を切らせて戻ってきました。

「お、お待たせ……し、しました」

普段運動しないリーアは息も絶え絶えといった様子です。無理もありませんが。

産婆と医師たちによって産室に運ばれました。

「王妃陛下、もう少しで御子様がお生まれになります」

「え、ええ……」

頭が見えていると産婆に言われ、「がんばってください」とリーアが私の右手を握りながら励まします。

左隣ではアマーリエ様が私の左手を握りしめてくれています。実は、今日はアマーリエ様と会うお約束だったのです。私が産室に運ばれている時と重なり、アマーリエ様が付き添ってくださっているのです。

私は、ふたりの手を握りしめ、歯をくいしばりました。

「〜〜〜っ」

「王妃陛下、いきんでください！」

「〜〜〜っ！」

それから暫くして。

おぎゃあ‼　おぎゃあ‼　おぎゃあ‼　無事に健康な男の子を出産いたしました。

「まあまあ、可愛らしい」

赤ん坊を産着で包みながらアマーリエ様は嬉しそうに私に言いました。

優しく赤ん坊を抱くアマーリエ様の姿は天使か聖母のようにしか見えません。

ここだけ世界が違って見えます。清浄な空気に満たされる中、この世にひとつしか存在しない素晴らしい光景が広がっています。

「……神よ」

医師のひとりがその場に跪いて祈りを捧げだしました。

気持ちはわかります。

出産後の疲れが一気に押し寄せる中、「がんばりましたね」とアマーリエ様が声をかけてくださいました。

ああ……もう意識が……朦朧とする中に見たのは後光の差しているアマーリエ様の姿でした。

＊

第二子の誕生。

二番目の子供もまた男児。王子です。

前回出産した王太子と同じように、盛大なお祝いが開かれたのはいうまでもありません。

これで私の地位は盤石に。嫌な言い方になりますが、世継ぎとそのスペアがいる限り私を王妃の座から追い落とせる者は少ないはずです。

「保守派の力がそぎ落とされた今、安全は確保されたも同然じゃ」

高笑いする祖父の姿に暗躍の匂いがします。

私の知らないうちに保守派は凋落《ちょうらく》していました。

「これで安泰じゃ」

上機嫌の祖父でしたが……そう上手くいくでしょうか。

「新しい勢力が台頭するのではありませんか？」

「ルーナは勘がいいのぉ」

「その口ぶりでは、台頭する勢力が存在しているのですね」

私の言葉に祖父は首を横に振ります。

「さすがにすぐに台頭はせんよ」

「危惧している勢力でもあるのですか？」

「まだどうなるかわからんがのぉ。保守派の凋落は改革派を勢いづかせる」

「先鋭化の恐れもあると？」

「うむ」

「では、その勢力に備えるためにも……」

「わかっておる。じゃがな、ルーナ。お前は王妃じゃ」

「王家は中道を歩まねばなりませんか？」

「そうじゃよ。いずれ今の改革派から保守派が生まれる。その時は王家が双方の手綱を引かねばならん」

今までは保守派がある程度の重しになっていたのでしょう。

老害という重しに変貌してしまったのが痛かったですが。

そして今後は王家が保守の重しにならねばならないのですね。

溜息が出ます。

どちらかというと、私と陛下は改革派寄りです。

おじい様もそうですが……。

「そう難しく考える必要はあるまい。要は、調整役じゃよ」

「なるほど。陛下と私がその役を担うのですね」

「うむ。王妃の役目を全うすればとやかく言う者はおるまい」

「そうですね」

「ルーナにはたくさん子供を作ってもらわんといかんからのぉ。ま、こんなことを言えば男尊女卑じゃの。老害の戯言だのと一部から非難ごうごうじゃろうて。もっとも男は子を産めんからのぉ。どうしたって女性に頑張ってもらうしかあるまい」

からからと笑いながら言う祖父に、確かにと思いつつ、色々なことが、水面下で動き出しているのかもしれないと感じるのでした。

＊

そして時は流れ――

私は今、三人目の子供を産もうとしています。

「おぎゃあ！　おぎゃあ！　おぎゃあ！」

産婆が取り上げた赤ん坊は元気な産声を上げます。

「王妃陛下。無事に御出産なさいました。女の子にございます」

女の子……。

今度は王女。

これで三人目の子供です。

実は、三人目は女児を希望していたのでした。

欲を言えば政略結婚に使いたい王女が数人欲しいところですが……さすがに無理でしょう。

先の子供と健康状態に問題なく成長してくれればそれでいいので、性別は二の次です。

ただ、国が荒れることだけは避けなければなりません。

おぎゃあ‼　おぎゃあ！　おぎゃあ！

「元気な王女だ。よくやったぞ、ルーナ」

「はい」

初めての女児に陛下は大喜びです。

名前はやっと陛下に付けていただきました。

それというのも王太子は祖父に、第二王子はアマーリエ様に名付け親になっていただいたからです。

我が子の名前を付けられなかった陛下は傍目にもわかるほど落ち込んでおられました。

『そんなに落胆することでしょうか？』

『ルーナや、子供は可愛いものじゃ』

『勿論です』

『……ルーナには、たかが名前と思うかもしれん。じゃが、そのたかが名前に思いを託したいと願うのも親なのじゃよ』

『そういうものですか？』

おじい様の言葉は理解できないところも多かったですが、「年を取ればわかるものじゃ」と仰ってました。

私にはまだわからない話なのかもしれません。

＊

王女は、シャロンと名付けられました。

誰に似たのか、口達者でおしゃまな子に育ったシャロンは僅か三歳で大国の王太子との婚約が決まりました。

「王妃に似て賢い王女だ」と、親バカが炸裂している陛下。

親の贔屓目《ひいきめ》では？と思いアマーリエ様にも尋ねてみましたが、「シャロン王女殿下は利発で愛らしいですもの。婚約者の王太子殿下もきっと気に入りますよ」と、太鼓判を押される始末。

周囲に愛されすくすく成長した娘も、今は七歳。

未来の王妃としての心構えを少しずつ学ばせています。とは言っても本人は楽観的で呑気なものです。

「お母様、少し風が冷たくなってきましたわ。部屋に入りましょう」

シャロンはニコリと微笑み私を室内へと誘うのですが、その手はしっかりと私のドレスの裾を掴んだまま放そうとはいたしません。まだあどけなさの残る純粋無垢な愛娘。この癖を直さねばと思うのですが、ついつい甘やかしてしまう私もいつの間にか親バカに拍車がかかっているのでしょうね。

「お母様、今は大事な時期なのですから、お身体には十分気を付けてくださいませね」

【出産】


「ありがとう。シャロン」

「お父様たちが心配しますわ」

「そうね。そろそろ戻りましょう」

「ええ」

シャロンの手を引いて、室内に戻りました。

私は、現在妊娠六ヶ月目。少しお腹も目立ってきました。

六番目の子供を身籠っています。

「お母様、私は妹がいいですわ」

「あら、弟は嫌かしら？」

「いいえ。弟も可愛いでしょうけれど、妹はもっと可愛いらしいに違いありません。それに弟はもうふたりいますもの。私、今度は妹が欲しいですわ」

娘の言い分に思わず頬が緩みます。

五人いる兄弟の中でひとりだけ女児ということもあってシャロンは「妹が欲しい」と言っているのでしょう。

たったひとりの娘ということでほかの子供たちよりも甘やかされてはいますが、「私ひとりだけ仲間外れだわ」といじけることもしばしば。

陛下がよく「シャロンは王妃に似ている」と口にされているように、私と同じ色彩の髪と目を持つシャロン。顔立ちも私とよく似ています。対して王子たちは全員が陛下にそっくりで……。髪と目の色彩の違いも「仲間外れ」にされている気がするのでしょう。

「早く生まれてきてね、お姉様とお揃いのドレスを着るの。とても楽しみだわ」

私のお腹に手をあてて語りかけるシャロンは、お腹の中の子は妹と確定して語りかけています。可愛いのだけど、弟ならどうする気かしら？　確率的には男の子になるはず……いいえ、これればかりは生まれてこなければわからないことです。

数ヶ月後、生まれたのは女児。

シャロンが待ち望んだ妹でしたが。

「私だけ仲間外れだわ」の叫びに、妹云々《うんぬん》以上にひとりだけ母親似の色彩を気にしていたとわかった瞬間でした。


ごめんなさいね、シャロン。

お母様よりも、お父様の遺伝子のほうが強いみたいなの。

これればかりはどうしようもないわ。諦めてちょうだい。

【後宮の閉鎖】

「後宮を閉鎖する」

それは突然でした。

陛下の宣言に、私は耳を疑いました。

「陛下。後宮を閉ざすとは……どういうことでございますか？」

「言葉の通りだ。後宮の妃に全員、ヒマを出そう」

「全員……妃を、お放ちになるのですか？」

「そうだ」

「離縁すると申されますか？」

「離縁を望む者にはそうしよう。婚姻の白紙を願う者にはそれに応じる」

目の前が暗くなったかのようでした。突然すぎて……事態を把握するのに時間がかかってしまいました。

突然すぎる決定に、後宮はさぞかし混乱を極めて……いませんでした。

皆様、当たり前の顔をして粛々と引っ越し準備をなさっていました。

逆に私のほうが「何故？」と、慌てふためいてしまったくらいです。

「そういえば、王妃陛下はご存じなかったわね」

ポツリと呟かれたのは、カティア様でした。

「とりあえず、説明しますから、移動しましょう」

妃たちの住まう一角まで案内されました。

ガヤガヤと雑談しながら荷物をまとめていく様子に圧倒されてしまいました。

忙しなく動くメイドたち。

彼女たちと一緒になって荷物を整理している妃たち。

皆、明るい表情です。

「なんだか楽しそうですね……皆様」

「案外とそうかもしれないわね」

カティア様は、クスクスと笑われました。

「ここでの暮らしが長いから心機一転するいい機会なのよ。中には放浪の旅に出ると息巻く妃もいるわ」

「それは……また……」

「まあ、放浪と言ってもメイドも護衛もつくので安心してください」

「それは……よかったです」

ガランとした部屋に案内されます。

「静かに話せる場所がほかになくて……」

カティア様は、困ったように笑われました。

「急なことだとわかっています」

気を遣わせてしまって、かえって申し訳ないです。

カティア様に促されるまま椅子に腰かけました。

「陛下が、後宮を閉ざすと決めたのはなにも最近の話ではないの」

カティア様は、困ったように眉を下げられました。

「それはどういうことでしょう」

「最初から決まっていたと言うべきかしら。妃たちもいずれここから出て行くことを前提として入内されているのよ」

眉が下がります。カティア様にかける言葉が見当たりません。理解できない言葉が紡がれて困惑しきりです。

「話が飛躍しすぎて理解が追い付かないのかもしれませんが、後宮の妃のほとんどが陛下の御手が付いていない状態ですの」

「……」

「まあ、手を出していないのはアマーリエ様の派閥だけの話であって、保守派の妃たちはきちんと初夜はすませてるので安心してください」

なんだか頭を殴られたような気分です。

安心する要素がどこにもないのですが……。

「それでも床を共にしたのは初夜だけでしょうね」

不穏な言葉が続々飛び出ます。頭がクラクラしてきました。

「親や派閥の推薦で入内してきたのは保守派くらいじゃないかしら……。私はアマーリエ様がいらっしゃるから入ってきたようなものですし」

「あの……カティア様」

「はい、なんでしょう」

「もしかすると……その……アマーリエ様の派閥の妃たちはなにか込み入ったこと情があっての入内なのですか?」

今更ながら、アマーリエ様の派閥は下級妃で構成されていたことに気づかされました。

中級妃はカティア様だけです。

カティア様が優秀すぎてマルガレーテ上級妃派の中級妃は霞んでいました。なので当時はまったく気づきませんでした。少数精鋭だとばかり。鈍すぎでしょう。どうして「おかしい」と思わなかったのか。

「これは秘密なんですけど」

そう前置きをなさった上でカティア様が教えてくださいました。

「アマーリエ様が庇護下に置いていらっしゃった妃たちは言うなれば性犯罪被害者なの。勿論、中には合意の上での恋人関係や婚約者関係の者たちもいるのだけど……。要は、男に手ひどく捨てられた。もしくは無理矢理関係を強要されて妊娠、子を堕胎させられた経験を持つ者たちなの」

聞かなければよかったと思わなくもない話でした。

下位貴族では珍しくない話だと。

強要された相手が高位貴族だと泣き寝入りするしかないのだと。

「王妃陛下の世代は少なかったかもしれませんが、私たちの世代やすぐ下の世代は多かったんですよ」

「カティア様たちの下の世代といいますと、私より上ということですね」

「そうです。王妃陛下の世代の方は噂程度は聞いたことがあるかもしれませんわね。もっとも内容がひどすぎて口に出すのも憚られましたけど」

「そんなに？」

「貴族の横暴ここに極まれり……ですわ」

伯爵クラスから上はともかく、下の階級は被害者が多かったそうです。

「傷物にされて縁談は破談。首を括った令嬢が何人かいたわ。そこまでではなくとも修道院に逃げ込んだ令嬢もいたわね」

しみじみと語るカティア様は「めずらしくありませんわ」と乾いた笑いを漏らしました。

もしかするとカティア様の知り合いも被害に遭われたのかもしれません。

「だから、そんな被害をなくしたくて、アマーリエ様が体制を整えられたの」

陛下のバックアップのもと、そういった女性は大分減ったとお話ししてくださいました。

ただ、そういう事情の妃たちなので実家とは絶縁状態とのこと。

あら？

私は首を傾げていました。

「あの、カティア様」

「はい、なんでしょうか？」

「その、アマーリエ様の派閥の妃たちは、後ろ盾もなくどうやって入内なさったのですか？」

根本的なことなのですが、入内とは家を背負ってくるものです。

派閥関係もありますが、たとえ下位貴族出身であろうとも陛下の寵愛を賜れば実家の栄達に繋がります。御子をもうければなおのこと。現に保守派の妃たちがそうでしたし……。

「ああ、そのことですか」

カティア様の次のお言葉は聞き逃せないものでした。

「抜け道があるんですよ」

……なんですと？

「陛下の推薦があれば可能なんです。彼女たちは元々アマーリエ様と同じ修道院にいらっしゃいましたし、アマーリエ様が後宮入りしなければならなくなった時に専属の侍女として共に来た者たちなんです。そういう過程で陛下に〝見初められた〟という形にしましたの。なんて言うのかしら。〝召し上げられた〟と表現するべきかしら？　名目上は」

……はて？　私は、今なにを聞かされていますか？

「派閥の中で正式に入内した妃は私とアマーリエ様だけなの」

コロコロと楽しそうにカティア様は笑われました。

これは笑える内容なんでしょうか。

「保守派が黙っていませんでしょう」

「そこは大丈夫でしたの。保守派の妃たちのほうが数も多かったですしね。それに」

「それに？」

「あの保守派の妃たちが初夜以外に陛下と床を共にしていない、なんて口が裂けても言えませんものね」

確かに。

プライドの高い彼女たちが親に言うはずありません。親だからこそ言えなかったのかもしれません。

更に言うのならと、カティア様は続けました。

「被害に遭った妃たちの相手。加害者は保守派側の高位貴族だったことも関係するわ。自分たちが手荒く扱った女性が知らない間に陛下の寵愛を受けていた。いつの間にか妃の地位に収まっていた。さぞかし恐ろしかったでしょうね。事が露見すれば破滅する可能性だってある。自分たちの前から消えたはずの女性たちが陛下やアマーリエ様の後ろ盾を得て表舞台に出てきたんですもの。弱みを握られたも同然よ。加害者の男たちやその親族からすれば恐怖以外の何物でもないでしょう」

そういうことですか。

アマーリエ様とカティア様は陛下の協力者。

夫婦関係である前に同志。

この様子ではアマーリエ様とカティア様もまた陛下と関係を持っていなさそうですね。

ここまでくれば聞くべきかと思い、私は尋ねました。

「アマーリエ様とカティア様は陛下とは……」

「なんの関係もありませんわ。名ばかりの妻と言ったところかしら」

はっきりとカティア様は言い切りました。

「陛下はできの悪い弟くらいにしか見えませんもの。男としては論外ね」

すがすがしいまでの即答でした。

こうして私の心配をよそに妃たちは第二の人生を歩みはじめたのです。

【処遇1（国王視点）】

「陛下、妃たちは無事、引っ越されました」

「そうか、ご苦労だった」

女官長の報告を聞き届けてから顔を上げた。

「保守派の妃たちの処遇はあれでよかったのですか？」

女官長は不安げに尋ねてきた。

「ああ、あれでよかったのだ」

後宮は閉鎖した。

妃たちはすべて放逐した。

アマーリエ派の妃はそれぞれ新しい人生の門出に意気揚々と旅立っていった。

マルガレータ派の妃はその逆だ。

寝耳に水の事態に泣き崩れる者、怒り狂う者、呆然とする者。

反応は様々だった。

後宮の隅で一生を終えると思っていたようだ。

無期限の謹慎処分を言い渡されたのだ。そう考えても無理はない。

「これは恩赦だ」

王妃は六人の子供を産んでくれた。

国内も安定している。

「もう、妃は必要ないのだ」

「はい」

「後宮が存在すれば余計な考えを持つ者も出てくるだろう」

「はい」

「妃たちの希望はできるだけ叶えるように命じた」

女官長へ下がるよう命じた。

アマーリエ派の面々の引っ越しは終わったが、それでおしまいではない。

女官長が言いたかったのはマルガレータ派の今後だろう。

三人の妃は修道院を希望し、残りは実家に戻った。

「マルガレータ派にも賢い妃はいたのだな」

実家に戻ったところで居場所などない。そう判断してのことだろう。

彼女たちが下級妃だからこそできることだな。

中級妃は嫌でも実家に戻らざる得ない立場だから選択肢はない。

生家と縁の切れているアマーリエ派とは対照的だ。

【処遇1（国王視点）】

「元妃としてのブランドは使えると思っている奴らは滑稽だな」

保守派の考えそうなことだ。

後宮から戻ってきた娘に再婚の斡旋をする。

彼らの常套手段だ。

「ひとつ、心得違いをしているようだ」

元妃のブランド力は確かにある。

寵愛を得ていないとしても妃は妃。

謹慎処分を受けたとしても元妃であることは変わりない。

「国王自ら下賜したならば箔が付くがな」


生家が斡旋すれば価値が落ちるとは思わないのか。

ああ、そんなことも考えられないほどに追い詰められているのだろうな。

凋落の一途を辿っている保守派。

起死回生の一手を打たなければ後がないのだろう。

「それが元妃の娘とは。まあ、私には関係のない話だが」

彼らは娘たちを高値で売り出す気だ。

有力貴族の後妻にと考えているのかもしれん。

「受け入れてくれる貴族がいるとは思えんが」

若さも美しさも失われた元妃など見向きもされない。

男爵家や子爵家ならあるいは……という気もするが、まあ無理だろうな。

「既に不良債権になっていることを理解していないとは……


売り出すにも時機がある。

それを逃せば売れ残るのは必至。

「さて、どうなることか」

後宮は閉鎖された。妃たちはもう後戻りはできない。

「売れ残った果実は腐り落ちるのみだ」

沈みゆく夕日を見ながら嗤《わら》う。

王妃や子供たちには決して見せない酷薄な笑みを浮かべて。

【処遇2（中級妃視点）】

何故、こんなことに。

質素な馬車に揺られながら考える。

後宮に入った時、ここが終の棲家だと覚悟を決めていたのに。

妃だったのは数分前までのこと。

後宮の門を出た瞬間から私は何者でもない。ただの女。

実家に戻るのは屈辱だ。

「お嬢様、そろそろ到着します」

御者が声をかけてきた。

「ええ」

「ご気分でもすぐれませんか？　お顔が真っ青です」

「……大丈夫よ」

そう、大丈夫なはずだ。

「そうですか、ならいいのです。ああ、見えてきましたよ」

馬車が止まり、御者によって扉が開かれた。

目の前に広がるのは懐かしい我が家。

ああ、帰ってきた。

思い出の中の家よりずっと古くなっていた。

古ぼけて……。

羽振りの良かった伯爵家がここまで落ちぶれていたなんて……。

どうしてこんなことになったのか。

すべての歯車がおかしくなったのは十年前。

彼女が。王妃が後宮に入ってからだ。

＊

十年前・後宮――

「上級妃ですって⁉」

信じられなくて思わず聞き返してしまった。

「は、はい」

「そんな……」

【処遇2（中級妃視点）】


空席の上級妃の座。

それが埋まるなんて思いもしなかった。

「どこの令嬢が上級妃になるというの？」

「はい、それが……」

「早く言いなさい！」

「は、はい。ヴェリエ侯爵家のご令嬢でございます」

「ヴェリエ？」

「はい、宰相閣下のお孫様です」

思い出した。宰相の孫娘はその頭脳を買われて陛下の秘書になったと茶会で一時期噂になっていた。

侯爵令嬢。

上級妃になれる家柄。

離宮に新しい上級妃が迎えられるなんて数年前までは考えてもみなかった。

宰相の肝いりなのは間違いない。

「新しい上級妃はいつお見えになるの？」

「それが……」

言い淀む侍女。

「なに？　はっきりおっしゃい」

「その……本日、女官長のご案内で後宮に……」

「なんですって‼」

「ひっ」

思わず大声を張り上げてしまった。

「も……申し訳ございません！」

怯えて震える侍女を気遣う余裕などなかった。

女官長がわざわざ案内ですって⁉

嫌な予感がよぎった。

それが現実になったのはすぐのこと。

「陛下は新しい上級妃が大層お気に入りのご様子だわ」

「新しい上級妃の離宮には毎日通われていらっしゃるとか」

「まあ、それは本当ですの？」

後宮は噂話で持ちきりだった。

新しい上級妃。陛下の寵愛を一身に受ける女。

忌々しい。

後宮の妃たちは陛下の寵愛を受けていない。

【処遇２（中級妃視点）】

誰も口にしないけれど夜に訪れがない時点で察していた。

「私だけじゃない」

自分に言い聞かせた。

「皆だって同じよ」

マルガレータ様のところにも音沙汰がない。

彼女の離宮に陛下が訪れたという話など聞いたこともなかった。

潜らせている侍女の報告だから間違いない。

『公爵令嬢のマルガレータ様が正妃になれるように尽力しなさい』

ふいに祖父の言葉を思い出す。

入内前に祖父が口にしていた言葉だ。

『伯爵家では正妃になることはできない』

『はい』

『だが、国母になることはできる』

『正妃でもないのにですか？』

『正妃に子供ができなければほかの妃の養子をもらい、その子が王となる。歴史を紐解けばよくあることだ』

『では……』

『派閥での妃選びは終了している。お前は中級妃としての入内だ』

『マルガレータ様は上級妃ですね』

『そうだ。マルガレータ様が正妃になった暁にはお前は上級妃になれる』

『伯爵家ですのに……』

『正妃に息子を養子として出すのだ。それくらいの格上げは当然であろう』

祖父の語った未来予想図は、入内した数日後に崩れ去った。

上級妃はマルガレータ様だけではなかった。

王家の血を引くアマーリエ様がいらっしゃった。

修道院に入ったはずの彼女が何故ここに!? 国一番の美女として名高いアマーリエ様。それもあったのでしょう。

作法は誰よりも完璧。正妃に望まれるだけの実力はあった。

誰もが認める完璧な妃。

アマーリエ様に勝てる者など誰もいない。

暗雲の兆しはほかにも……。

祖父をはじめとする保守派の貴族たちが「御子が生まれてないのに正妃を選ぶのは時期尚計」と言い出した。

「子ができなければ王妃には相応しくない」と唱え、それを理由にアマーリエ様を牽制しはじめた。

その言葉は刃となって私たちにも襲いかかった。

＊

マルガレータ様を誘導して王妃暗殺を目論んだことも露見し、陛下から謹慎処分を受けた。

実家に戻るのは恥。でも、戻るしかなかった。

古ぼけた屋敷の扉が開く。

出迎えた執事は、私を見て目を剥いた。

「お嬢様……」

「ただいま」

「お……お戻りをお待ちしておりました」

「そう」

執事の目には涙が浮かんでいた。

「お嬢様がご無事ならそれでよいのです。お食事になさいますか？」

「ええ、お願い」

「かしこまりました」

執事は深々と頭を下げた。

その背中がやけに小さく見えた。

少なくとも執事は私を喜んで迎えてくれた。

もうそれだけでいいのかもしれない。

閑散とした屋敷内は薄暗く、昔の面影はどこにもなかった。

侍女長に聞けば両親は領地にいるらしい。

保守派の凋落によって社交界での居場所を失ったとか。王都にはいられないと言って屋敷を出ていったそう。

「領地といっても一体どこの……？　伯爵家の領地は王家に没収されているはずだわ」

「はい。ですので、奥様の領地にいかれました」

「お、お母様の領地？」

「はい。奥様の子爵家の領地です」

「そういえば……」

侍女長に言われて思いだした。

叔父の子爵が亡くなって、母が子爵家を相続したことを。

私が入内した後だった。

田舎の領地だったから気にも留めなかった。

【処遇２（中級妃視点）】

侍女長に詳しく聞けば、両親は領地経営に乗り出しているそうだ。
今更と思わなくもない。
あれだけバカにしていた領地経営。
代理の管理人に任せっきりで、ろくに仕事なんてしたことがないというのに。
これからどうなるのか。
それは誰にもわからない。
王都の屋敷で飼い殺しに遭うのか、後妻として売られるか。
敗者には相応しい末路だ。

【処遇3（公爵子息視点）】

「ねぇ、この家って大丈夫なの？」

「大丈夫に見えてたら頭を疑うレベルよ」

「あ、やっぱり。ねぇ、どうするの？　ヤバイよね、この家」

「今すぐどうこうにはならないとは思うけど……」

「そろそろ潮時じゃない？」

「転職を考えたほうがよさそうよね」

「この家の紹介状もらう？」

「バカね、こんな家の紹介状なんて逆に危ないでしょ！　ないほうがマシってものよ」

「しょうがない。メイドの仕事は辞めて商売でもしようかな」

「アテあるの？」

「実家が一応ね」

「いいわね」

姉が後宮から戻ってくる。

その姉によって沈みかけている家。

【処遇3（公爵子息視点）】


屋敷の至るところで使用人たちが辞める辞めないで揉めていた。

当然だ。

沈む船にいつまでも乗ってていられない。

沈む前に脱出しなければ。

数年前に姉のマルガレータは罪人となった。

王家からの書簡に顔色を変えた父。

『これは……』

『父上？　どうなさったのですか？』

『わからん』

『と、申しますと？』

『書簡を』

父は書簡を渡してきた。

自分で確認しろと言いたいのだろう。

書簡はたった一枚。

【マルガレータ上級妃は許されざる罪を犯した。なお、新たな王子の誕生により罪一等を減じ、無期限の謹慎処分とする】

手短に書かれていた。

『これは……』
『……』
父は無言で書簡を睨みつけていた。
『姉上はなにをしでかしたんですか？』
『わからん』
踵《きびす》を返そうとする父。
こうなっては父は当てにならない。
後宮でなにが起きたのか。
姉がなにをやらかしたのか。
すぐに情報を集めさせた。
それによりわかったことはふたつ。
王妃の暗殺未遂及び、胎の中の御子の抹殺未遂。
上級妃としてあり得ない行為。
『なんてことだ……』
姉とその一派は後宮の隅にて幽閉中とのことだった。
これに対する貴族からの追及はほとんどなかったという。
煩い保守派の貴族すら黙るしかなかった。

【処遇３（公爵子息視点）】

後から知ったのだが、実行犯は確保され、既に処刑されていたという。

となれば、実行犯の口から姉の名前が出たのだろう。

そして、姉が王妃を胎の子もろとも殺害しようとしたことも事実と認められたのだ。

『姉上……』

私は姉になにが起きたのか知りたかった。

素人のメイドあたりの犯行だとばかり思っていたにもかかわらず、プロの犯行だとは。

『暗殺者の伝手などないだろうに……』

不可解だった。

事件そのものの不可解さもさることながら、あの姉が首謀者だとは到底信じられない。

良く言えば、大人し気な淑女。悪く言えば、内気すぎて引っ込み思案。

姉がそんな大それたことをするとは考えられなかった。

後宮は魔窟。

人は変わるというが、いつもオドオドしていた姉がそんな簡単に変われるだろうか？

高圧的な父を持ってしまったせいか、言いたいことも言えずに自身を押し殺している姉の姿しか知らない。

そのせいだろうか、姉が主犯だとは信じられなかった。

父は「愚か者の所業だ。放っておけ」と取り合ってくれない。

『父上、姉上をなんとかして救う手立てはないのですか?』
父は鼻で笑った。
『馬鹿を言え。そんなことができると思うのか?』
『ですが……』
父は私の言葉を遮るように言う。
『マルガレータは王家に仇《あだ》なそうとしたのだぞ』
これ以上は関わるな、と父は言う。
妃の地位は剥奪されていない。
故に除籍もされてはいない。
それだけでも温情だと言わんばかりだった。
結局、姉の身になにが起きたのかわからないままだった。
本人に会うこともできないままに。

＊

公爵領の屋敷に姉を迎えた。
父の居ない場所のほうがいいだろうと思ったからだ。

【処遇３（公爵子息視点）】


保守派の代表のような父だ。

性格も強固な保守派。

領地に戻って来ることは決してない。

「お帰りなさい、姉上」

「……」

「お部屋の準備はしてあります。先に着替えられますか？」

「……うん」

小さく、本当に小さく姉は頷いた。

その姿は昔と同じ。

姉はなにも変わっていなかった。

控えている姉の侍女が告げる。

「離宮でのマルガレータ様はまるで別人のようでした」

「そうか」

後でわかったことだが、姉は信頼していた中級妃のひとりから定期的に薬を飲まされて洗脳されていたということだった。

『薬』と一口に言うが、その薬の効果は様々だ。

姉に盛られた薬は依存性の強いもの。

姉は薬を飲まされ続けたことで、思考能力が低下していたらしい。

「このこと王家は知っているのか？」

「はい、ご存じです。それもあり、王家は死刑を望まず、マルガレータ様を減刑されたと」

「問題の中級妃はどうした？」

「はい。マルガレータ様同様の罪に処されました」

「真の犯人が同じ罪とは……」


やるせない。

だが、貴族同士でも足の引っ張り合いはある。

後宮ならば尚更だ。

ほかの妃にうまうまと嵌《は》められた。

派閥の妃を押さえ込める器ではなかった。

ただそれだけ。

中級妃を罪に問うことさえ許されない。

【老人の後悔（元伯爵視点）】

「大旦那様、お嬢様がお帰りになられました」

孫娘が後宮から戻ってきた。

正確には出戻りだ。

どうしてこうなったのか。

どこで間違えたのか。

溜息とともに思わず天を仰いだ。

上手くいっていた。

途中までは順調だった。

中堅の伯爵家に生まれ、自分よりも上の家柄の連中にバカにされながらも負けまいと勉学に心血を注いだ。立ち振る舞いに気を遣いながら出世街道をひた走った。

あと少しだったのに。

同年代に厄介な男がいた。

初めて会った時から自分とは合わないと思った。

その男は今や政治の中枢にいる。

宰相にまで上り詰めていた。

自分は伯爵だ。

相手は侯爵。

だからだ。

だから自分ではなくあの男が宰相になった。

『自分が策士だと思っておらんか？　上手くやったつもりじゃろうが、欠陥だらけの計画じゃな』

忌まわしい記憶とともにあの男の顔が脳裏に浮かぶ。

『派閥をまとめ上げたまでは良かったんじゃがのぉ。何故、お主が指揮しなかった？　ああ、違ったな。操り人形のルブロー公爵を用いて動かしておったな。何故、そんなことをした？お主が矢面に立てばよかったのじゃ』

すべてを見透かすような男の目。

あの目が嫌いだった。

『保守派が衰退したのは儂らのせいじゃない。ましてや王家のせいでもないぞ。お主ら自身のせいじゃ』

黙れ。

『人形を人形のままでいさせたせいじゃ。次世代をきちんと教育しなかったせいじゃ』

【老人の後悔（元伯爵視点）】

黙れ。

『若い公爵を担ぎ上げたまでは良かったが、お主は人形を上手く操り切れなかったのぉ』

黙れ。

『今でこそ保守派の先鋒《せんぽう》じゃが、昔は素直な小僧じゃった。保守派のトップに祭り上げられ、保守派に染まり切ってしもうた。柔軟性に欠け、頑固で、一途。随分と男を下げたのぉ』

黙れ！　黙れ！　黙れ！　煩い煩い！　黙れ黙れ‼

私が、なにをしたっていうんだ！

なんの苦労もせずに家を継いだ貴様が言うな！

あたり前のように出世街道を進んできた男が‼

『お主の背中を見て育ったせいか、お主の孫娘は人の道を踏み外してしまったわ。可哀想にのぉ。暗殺に薬。人を陥れることに罪悪感を感じておらんぞ』

……。

『とんでもない化け物を生みだしたモノじゃ。あれだけ階級制度を説き、秩序と規律に煩かったお主の孫がそれを破壊しおった。格上の存在を薬でいいように操るとはのぉ。じゃが、お主も同じことをしておったな。祖父の背中を見て孫は育った。恐ろしいのぉ』

違う。

私は……。

あの男が私を見下ろしている。

その顔にはっきりと憐れみが浮かんでいる。

見るな。

そんな目で私を見るな。

憐れむな。

お前が……私を……？

違うだろう。

逆だろう。

憐れむのは私のほうだ。

憐れなのは私ではない、お前だ。

あははは。お前は知らないだろう。お前の、お前の息子は——

『お主が殺したか？』

あ……。

『違うな。邪魔だとは思った。じゃが殺すまではいかなかった』

あ、あ。

『アレは事故じゃった。偶然の事故。ちょっとした悪意が招いた事故。馬車の車輪に細工した農夫、道の標識を付け替えた孤児、崖の上の小石。それらを頼んだ者たち。すべて悪い方向に

【老人の後悔（元伯爵視点）】


噛み合った。それが真相じゃろ？』

お、お、あ。

『ここまでやって怖気づいたお主は薬の力で孤児たちを育成した。自分に忠実な人間にするためにのぉ。決して裏切らん。役に立つ。後から脅したり金をせびりにこない。そんな連中をな。一流の暗殺者に育てるのは大変じゃったろぅのぉ。薬も自領の奥地でひっそりと栽培していたらしいのぉ。薬で裏切らん管理人に任せて。そりゃあ、ガチガチの保守派を自認するしかないわい。責任は他者に。そうじゃろ？』

ああああああああ‼

「大旦那様！　どうされましたか？」

執事の声に我に返った。

「い、いや、なんでもない。うたた寝をしてしまった」

「お疲れのご様子ですから、お休みください」

「ああ。そうだな。あの子はどうしている？」

「お嬢様ならただいまお食事中でございます」

「そうか……あの子も色々あって疲れているだろう。ゆっくり休ませてやれ」

「かしこまりました」

執事が退室したのを確認し、再び深い溜息をつく。

白昼夢か。
悪夢だな。
一体なにがいけなかった？
どこで間違えた？
栄達を望んだことか？
ライバルを陥れた時か？
邪魔な男の死を望んだ時か？
わからない。
思い描いた未来は閉ざされ、足掻くこともできない。
それは私の子供たちも同じ。
孫娘も、ほかの孫たちもこれから暗い道を這いずって行くしかない。
どうしてこうなった——と、問いかけながら。

【公爵の死（国王視点）】

その日、ルブロー公爵が亡くなった。

知らせは王宮にも届いた。

「結局、彼は最後まで領地に戻らなかったな」

報告書を読んでいた宰相が、辛辣に呟く。

「爵位も死ぬまで手放さなかったですな。いや～ここまで世代交代を嫌う貴族は珍しいですぞ」

逆に凄いと称える。

確かに。ある意味凄い。どれだけ落ちぶれようと惨めな境遇になろうと〝公爵〟であり続けた。

「貴族は死ぬまで貴族を貫きましたな」

ほぉほぉほぉ、と宰相は感嘆する。

「意味が違うと思うが……」

「いやいや、保守派の歪曲《わいきょく》した理論では概ね正しいのですぞ」

どんな理論だ。

いつまで経っても爵位を息子に譲らないことか？

用もないのに王都に居座っていることか？

領地に行かないことか？

仕事をしないことか？

下の者に尊大な態度のことか？

問えば、「全部」とハートマーク付きで返ってきそうで怖い。

「しかし、この父親に育てられたわりに息子はまともでしたな」

宰相がしみじみと呟く。

「そうだな」

あれは意外だった。

「儂はてっきり保守派の洗脳教育を受けているものだとばかり思っておりましたぞ」

「私もだ」

あの父親ならやりそうだと、ふたりして頷く。

「新しいルブロー公爵は父親と違って真面目ですな。ちゃんと領地経営を頑張ってやっとりますぞ」

「そうか」

それはなによりだ。

保守派貴族の領地を多く没収したが、実は、ルブロー公爵などの一部の貴族には「更生のよ

【公爵の死（国王視点）】


ちあり」として領地を返してる。まともな跡取りがいることが前提だが。ルブロー公爵家はある意味、被害者でもあるからな。

「公爵子息が領地で頑張ってくれたおかげで、あの領地は安泰ですな」

「そうだな。しかし、ルブロー公爵は領地経営を息子に丸投げしてよくなにも言わなかったな。あの公爵なら息子に『王都に帰ってこい』『領地経営？　そんなもの他者に任せておけ』くらい言って騒ぎそうなものだが」

「陛下、よくぞおわかりで」

「やはり……なにかあったのか？」

「いえいえ、なにもありませんぞ。公爵は息子が領地経営していることすら知らないで亡くなったはずですしのぉ」

「？　どういうことだ、宰相」

息子が領地でなにをしているのか知らない。あり得るのか？

「元々、管理人を雇ってましたからな。公爵は息子ではなく、管理人が領地を運営していると思い込んでおったようですぞ」

「は？　どういうことだ？」

意味がわからない。

「まあ、公爵子息のほうは領地経営のケの字も知らないド素人。当然、教えられてもいない状態じゃ。管理人に教えを乞うておったらしい。今じゃ、管理人なしでもなんとか領地経営をこなせるようになったと報告が上がってますのぉ」

「そうか」

「とはいえ、管理人の年齢を鑑みて、解雇はせず、生涯雇用するらしいですぞ」

「そうか」

もう、そうか、としか言えん。

父親と真逆に育ったようだ。

何度か会ったが、印象としては情の薄いタイプに見えたのだが。

人は見かけによらないものだ。

「そうそう、陛下。王都のルブロー公爵邸が競売にかけられるのはご存じか？」

「なに？　それは聞いておらん」

初耳だ。

何故、競売に？

「子息、いや、新しいルブロー公爵は『王都に来ることは自分の代ではないでしょうから、屋敷を処分します』とのことですぞ」

「それは……また、思い切りのよいことだな」

「まったくですな。王都に出禁にされていると察している。なかなか優秀ですな」

【公爵の死（国王視点）】


「察せられない貴族は多かったせいだな」

「大多数が察することができずに没落していきましたな」

「はっきりと告げなければわからないとはな」

「後宮が閉鎖され、妃は実家に戻された。それで終わり、と勝手に解釈した結果ですな。彼らにははっきり言わなければ伝わりませんからな」

「確かにそうだな。自分の都合よく解釈していそうだ」

ルブロー公爵は終生王都から出ようとはしなかった。ふたりの子供と孫にすら会わなかった。

「まあ、陛下もお人が悪い」

宰相がニヤ〜と笑う。

「さて、なんの話だろうか？」

「とぼけなくてもよろしいですぞ。ルブロー公爵に孫が生まれたことも、子息が結婚したことも教えなかったでしょう」

「なにを言う。他家のことに口出しなどできん」

「そういうことにしておきましょう」

くくくくっと宰相は笑った。

まったく笑い事ではない。

本当のことだ。

ちょっとした意趣返しがなかったとは言いきれないが。

亡きルブロー公爵のせいで改革が遅れていたことも事実だろう。

「ああ、それと、例の伯爵家ですが現当主夫妻が子爵領地で領民の手にかかって亡くなったそうですぞ。そのせいで隠居しておった先代がショックで寝込んだとか。孫も当主夫妻共々殺されておりますしのぉ。残っているのは、元中級妃だけ。伯爵家の執事が残された元中級妃に爵位の譲渡を願い出ているようですぞ」

やれやれ、と宰相は大袈裟に溜息をつく。

やけに芝居がかっている。

例の伯爵家は先代が暗躍していたからな。

先代が直接手を下した、という話はないが、間接的に関わっていた件は多い。

宰相も息子夫婦を亡くしているし、アマーリエの婚約者も……。

どこまで関与しているのかわかったものではない。

マルガレータもまた、伯爵家の犠牲者だ。

薬漬けにされていたなど。

気づかなかった。

「伯爵家は取り潰したいのだがな」

「残っているのは先代と孫娘。このふたりで最後にすればよろしいのでは？」

「宰相にしてはお優しいことだ」

「これほど膿が溜まった状態で取り潰し、となりますとな」

「先代の信奉者たちは既に土の中だろう。公爵も亡くなったことだしな」

「そうですな。しかし薬の行方を考えますとな……」

「もう栽培していないのだろう？」

「伯爵領では」

「ほかのところ、か」

結局、伯爵家は不問に付した。

確たる証拠がなかったためだ。

薬の原料になる植物もすべて焼却処分されていた。

栽培していた場所も見つけられず。

いや、見つけたとしてもすべて燃やされて灰になっているだろう。

関係者の大半は秘密裏に処刑した。

だが、本命の先代伯爵は生き残っている。

「最後まで逃げおおせそうな御仁だ」

＊

【公爵の死（国王視点）】

保守派のトップとナンバーツー。

保守派の表向きのトップであったルブロー公爵は亡くなり、実質的トップに君臨していたナンバーツーの先代伯爵は寝たきり。

瓦解していた保守派はこれでほぼ力を失った。

今も残っているのは極僅か。

先代伯爵の最後を見届けるまでは油断できない。

報告では近いうちに療養施設に入るらしい。

「そんなに悪いのか？」

「要介護らしいですぞ。寄る年波には勝てないですな」

宰相は老い先短いと宣う。

いや、まだまだ長生きしそうだ。

「宰相と同年代では？　それに報告書では怪我がもとで歩けなくなったとあるが？」

「階段から落ちたようですな」

「……近くに孫娘がいたらしいが。関係ないのか？」

「陛下、事故ですぞ」

「……」

「執事も元中級妃の孫娘も『不慮の事故』と言っておりますしな。先代も否定しておりませんぞ」

「……事故の後遺症か喋れなくなっているが？」

「そのようですな」

怪しすぎる。

「よいではないですか。ちょうど例の法案も通っておることですし」

「だが……」

「ようやく、女性の爵位継承が法律で認められたのです。ここで陛下が渋っては、口さがない連中は『陛下の本心は別にある。本当は女性の爵位継承を認めたくなかった』と陰口を言われますぞ」

「言わせておけばよい」

「そうもいきませんぞ、陛下」

法律で認められたとはいえ、まだまだ女性が爵位を継承することに難色を示す者は多い。こればかりは時間が解決するのを待つしかなかった。

「元中級妃が爵位を継承し、女伯爵となれば、それに続く者が現れやすくなるというもの」

「……」

宰相の言うことも一理ある。

実際に爵位を継承した女性は、ほんの僅かだ。

「陛下、ご決断を」

「……わかった。承認しよう」

こうして、元中級妃は女伯爵となった。


荒れ放題の子爵領地は手放している。

王家が体裁を整えて買い叩いたが。

王都の伯爵邸を売り、小さな館を購入。

そこで暮らしている。

「女伯爵は静かにお暮らしじゃ」

「報告書にある。古参の使用人たちと移り住んだと」

「気心の知れた者たちと暮らすほうが気楽でしょうな」


先代は含まれていないが。いいのか？

「彼女は嫌っていたのか？　自分の祖父を」

「さぁ、どうでしょうな。ただ自分の人生を狂わした最初の人物というのは事実ですからな」

そういう意味で恨んでいてもおかしくない、と宰相は宣う。

嫌っているどころか。憎んでいるような記述ばかりだ。

【公爵の死（国王視点）】

まあ、恨んでなければこんな施設に祖父を入れないだろう。

最低限の世話はするらしいが。

「先代伯爵の怪我の具合はどうだ？」

「年相応にあちこちガタが来てますな。しかし、まだ死にそうにはありませんな」

宰相は断言した。

「そうか。ならいい」

これ以上の追及は不要だ。

「ところで陛下」

「なんだ」

「儂、引退しようと思っておりますのじゃ」

「は？　なにを突然」

「いや、そろそろ潮時かと。後任も決まっておりますし」

「後任？　宰相の？」

「はい」

いつの間に後任が決まったんだ。

後任の育成していたのか！　いつの間に。

この数年で最も驚いたのは宰相の引退宣言だ。

死ぬまで現役だとばかり思っていたぞ！

「老い先短い残りの人生、好きにすごそうかと」

宰相は百歳まで生きそうだが。

下手すると誰よりも長生きしそうな勢いだ。

まあ、後任が決まっているならいい。

「そうか」

「はい。陛下はまだまだ頑張ってください」

宰相はニッコリと微笑んだ。

数日後、宰相は引退し、王宮に引っ越してきた。何故だ？

理由はすぐにわかった。

ルーナと子供たちを味方につけて『条件付きの特例』で、元宰相ことヴェリエ侯爵は、王宮に越してきた。

「こんなものがあったとは……」

「陛下がご存じないのも無理もありません。なにしろ、百年前に成立した法律ですので」

リュークが気の毒そうな目で見てくる。

「知らなかった……」

「実際、条件付きの特例で王宮に住まわれたのはヴェリエ侯爵を除けばひとりしか存在しません」

「ああ、理由はわかる。こんな条件をのむ貴族はいない」

「はい」

その条件とは、王妃の四等身までの身内であること。王宮内での権限は一切なく、国王の許可がない限り王宮の外に出ることは叶わない。

ここまではいい。

問題は、次だ。

本人の持つ爵位並びに領地と全財産を、本人が亡くなった後は王家に譲り渡すこと、だ。

こんな無茶な条件を提示されて、誰が住むか。

「だが、法律は生きている」

私の憂鬱はそれだけに留まらなかった。

事情を知った第二王子がヴェリエ侯爵家を継ぐと宣言。いいのか？と聞けば「母上の生家をなくしたくない」と。一応、保留にしておけと言ったが誰も聞いてくれなかった。

【両親（王太子視点）】

僕の父上は母上を愛しすぎている。

その証拠に母上が二番目の妹を産んだ後に後宮を閉じさせた。

父いわく、「愛する王妃がいるのにほかの妃など不要だ」という理由らしい。

ほかにも賢妃と国内外に知られる母上は政治の世界に積極的に介入し、今や『改革の母』とまで呼ばれている。国民の支持も厚くて、『慈愛の王妃様』『女神の化身』なんて呼び名まであるくらいだ。

「アマーリエ様がいらっしゃるのに……」と母上は頭を抱えていた。

父上の従姉で元上級妃のアマーリエ様は、年齢を感じさせない美貌を持ち、心根は優しく慈悲深い女性で誰にでも平等に心を砕くお方だ。

ただ、アマーリエ様の場合は人間離れした美しさのせいか、近寄りがたい雰囲気を醸し出している。それを言うと母上に怒られてしまうが。

元中級妃のカティア様と共に世界中を旅しているので、国に滞在している期間は短い。帰ってくるたび、お土産を山のように抱えて来る。アマーリエ様とカティア様は父上と母上の姉代わりのような存在だ。

【両親（王太子視点）】

父上を叱れる数少ない人でもある。「陛下はアマーリエ様やカティア様の言うことは素直に聞くの」と、母上は笑って教えてくれた。

まあ、そうだな。

母上の場合、父上はなんでも言うことを聞くので。

元宰相の曽祖父は父上をからかって遊んでいるし。

父上の唯一の弱点が母上だということはわかる。

いつだったか父上が「後宮という場所に閉じ込めていい女性ではない。政治の中枢で活躍するのに相応しい。政策を立てている王妃は美しいだろう？」と自慢げに語っていたことがある。

その時は適当に聞き流していたが……。

まあ、元々エリート文官だった母だ。

優秀な頭脳は父上の目になによりも魅力的に映るのだろう。父上の気持ちもわからないではない。

「美しいだけの女は三日で飽きる」とも言っていたが、母上にベタ惚れの父上は、僕からしたら気持ち悪い。

古参の家臣に聞いたことすらある。

父上は昔からあのようだったのか——と。

『王太子殿下の見たままでございます』

皆、口を揃えてそう答える。

見たから聞いているんだが。

質問の答えになっていない。

「殿下もいずれわかります」と言われたがさっぱりだ。

＊

「それで私に聞きにきたのね」

旅から戻られたカティア様から話を聞くことにした。

いつもご一緒のアマーリエ様は生家の公爵家に里帰り中で不在だ。

「アマーリエ様が留守の時に来たのは正解よ」

「やっぱりですか」

「アマーリエ様は両陛下に激甘だもの」

つまり内容が筒抜けになる可能性がある、と。

「まあ、アマーリエ様は殿下たちにも激甘だから安心して」

安心できる要素がないです。

「とりあえず、王太子殿下がお聞きしたい内容は、陛下が王妃陛下を愛しすぎていることでよかったかしら？」

「……はい」

面と向かって確認されると気恥ずかしい。

親の恋愛事情を聞かされる子供は皆、こんな気分なのだろうか。

カティア様は「そうねぇ……」と少し考えてから口を開いた。

「陛下は昔から王妃陛下にご執心だったのよ。それこそ、王妃陛下がこ～～んなに小さい頃から」

右手で当時の母の身長を表現してくれた。

小さい。

子供じゃないか。

「そんなに昔からですか？」

「そう！　王妃陛下の父君が陛下の側近だったの。そのことは知っているかしら？」

「はい、母上から聞いたことがあります」

「早くに亡くなってね。陛下にとって側近というより兄のような存在だったわ。まあ、そんな存在が夫婦揃って亡くなって、残された娘を陰ながら見守っていたわけ」

「なるほど」

よくある話だった。

「王妃陛下は小さい頃から優秀でね。十代前半で大学入学を果たしたわ。当時は千年にひとりの逸材だと騒がれたくらいよ。大学時代に出した論文も凄くて。『産業と経済の相互関係』だったかしら？　その論文は今でも有名で、陛下もお読みになったことがあるはずよ。貴族としての視点のほかに、平民視点からの問題点をあげたり、消費者の心理が売上に大きく影響していることにも触れているわ。集団心理っていうのかしらね。なかなか興味深いものだったわ。今思うと、陛下が王妃陛下に目を付けたのはこの頃からかもしれないわね」

しみじみと語ってくれる。

……というか、もしかしなくても父上は母上の頭脳に惚れ込んだのか⁉

「あの頃は色々あったから」

「いろいろ……」

「ああ、変なことじゃないわよ。陛下の後宮ができて少しした頃だったの。あの頃はまだ保守派が力を持っていてね。後宮の大半が保守派貴族の令嬢。陛下も内心ではうんざりしていたんでしょう。顔には一切出さなかったけど」

「大変ですね」

「本当。大変だったわ」

あの時は、と遠い目をしている。

後宮のあれやこれやは母上には無縁の世界だったようで。

【両親（王太子視点）】

「ある程度の修羅場が終わった後に王妃陛下が入内してきたの。あら？　入内させられた、だったかしら？」と不穏な言葉が続き、「ここだけの話、陛下はどちらにしても王妃陛下を入内させていたわ」と衝撃の事実を教えてくれた。

「え？」

「あら？　知らなかったの？　陛下は王妃陛下に惚れ込む前から妃にする気満々だったのよ」

「惚れてもいないのに？」

「そう。でも今はラブラブよ」

「カティア様、そこら辺を詳しく教えてください」

思わずテーブルに身を乗り出してしまった。

「いいわよ」

面白そうに笑うカティア様。

妃だった頃はともかく、今では率直な物言いをしてもとがめられることはないから、と。

当初、父は母の婚約者探しをしていたらしい。

「よく探そうとしましたね」

今なら考えられない。

「ホントよね」

カティア様が大きく頷き同意してくれる。

ただ、当時は二十代半ばと十歳前後の子供。

亡き側近の忘れ形見を大切にしてくれる男を、と。

「顔良し、頭良し、性格良し、家柄良し、財産有り。贅沢は言わないがルーナに毎日愛を囁く男……なんですか？　それ……」

「陛下が王妃陛下の結婚相手にと探した条件よ」

「いるんですか？　そんな男？」

「いたら陛下と結婚してないでしょうね」

ですよね。

「そもそも条件が多すぎるのよ。どこかで妥協しなくちゃ」

「確かにそうですけど……」

条件がひとつやふたつ程度なら見つけられていたのだろうが、せいぜいふたつか三つ。

「陛下のお眼鏡にかなう子息は見つからなかったわ」

ですよね。わかります。

「だから陛下はこう思ったそうよ。いないなら自分がなればいいと。王妃陛下の祖父、元宰相閣下に願い出たの」

「願い出た？」

「『必ず王妃に迎えるからルーナを嫁にくれ』ってね」

【両親（王太子視点）】


「は？」

父上が理解できない。

大切なら後宮には入れないだろう。

当時の後宮は魔窟だったと聞く。

「元宰相閣下としては複雑だったでしょうね。息子を亡くして孫娘まで失うわけにはいかないもの」

「そうですね」

「だから、条件を付けたわけ」

「条件？」

「ええ。『孫娘が入内するまでに後宮の混乱を治めること。後宮の争いに関わらせないこと。何人たりとも孫娘を害することは許さない。そのために保守派の貴族を排除又は弱体化すること』の三つね。そのほかにもたくさんあるけど、とりあえずこんなところで」

「……」

どこまで曾祖父は母を愛していたのか。

でも仕方ないか。ひとり息子を亡くしていたし。入内させたくないが故の条件だったのかも。

「陛下は元宰相閣下の条件を呑んだわ」とカティア様。

「それで？」

「陛下は手はじめに、後宮の勢力図を書き換えたわ。元々、保守派貴族の妃を牽制するために私やアマーリエ様が入内していたし。陛下としては渡りに船だったのかも」

目的が重なっていたと。

それにしてもなんというか。

「すごい」

いろんな意味で。

カティア様は否定せずに笑ってくれる。

「まあね。でも、陛下をあそこまで夢中にさせられるのは王妃陛下ただおひとりよ」

母上が理性的な女性で良かった。

これが質の悪い女性ならどうなっていたか。

考えるだけで恐ろしい。

＊

「まあ、こんなところね」と話を締めくくるカティア様。

父上は母上にベタ惚れ。

母上は理性的なせいか恋愛事に鈍い。父上の重すぎる愛に気づいていない。

愛されていることは理解しているが、重すぎることは理解していない。うん、よくわかった。

これから先も理解せずにいてほしい。

「ありがとうございます」

「どういたしまして。またなにかあればいつでも聞きにいらっしゃいな」

「はい」

僕は席を立つと、一礼をしてから退室したのだった。

＊

二年後。

「宰相、父上の決済が必要な書類が混ざっていたぞ？」

父上のサインを必要とする重要書類を手渡すと、執務室には気まずい沈黙が流れた。

ん？　どうしたんだ？

「これは大変失礼いたしました、王太子殿下。実はこれは陛下が殿下に任せるようにとおっしゃっておりまして……」

「これを？」

手に取った書類を僕に差し戻す宰相。

父上が任せた？　この書類を？　ああ、だからほかの案件と分けて手渡したのか。

僕に任せるというが、本当にコレを判断していいのだろうか？

「爵位と領地の返上の案件だ。僕のほうで処理してしまっていいのか？　これだと伯爵家と子爵家は潰れることになるが？」

「はい。問題ございません」

いや、問題は大ありだ。

代替わりして以降、領地経営に失敗する貴族があるとは聞いていたが、これはひどい。

「伯爵家は借金までしているのか」

「はい、子爵家はその余波を受けて首が回らない状態でございます」

本来なら寄親の貴族が救済すべき案件なのだが、何故か寄親の貴族は一切助け舟をだそうとしない。むしろ、領地と爵位を返上すればいいと考えているようだ。仲が悪いのだろうか？

「寄親の公爵家からは『元々貴族としての責任を果たさない無能どもだ。野に放ったほうが世のためだ』との報告が上がっております。陛下もその点は同意されているようでして……」

凄いな。

寄親の貴族にそこまで言わせるとは。なかなかできないぞ。

「確かに。この二家は社交界にも出席していない。親しく付き合っている貴族家も皆無のようだ」

【両親（王太子視点）】

よくこれで今まで貴族としてやってこられたものだと呆れてしまう。

「領民の生活には影響が出ていないがそれも時間の問題か」

「はい」

寄親の公爵家もそれが解って報告してきたのかもしれない。

そう考えると別の意味でいい寄親の貴族なのか？　少なくとも領民からしたらいい貴族だろう。

「わかった。こちらで進めさせてもらう」

「よろしくお願いいたします」

こうして僕はふたつの貴族を潰すことを決定した。

それは奇しくも両親の結婚二十周年記念の式典が開かれる前日のことだった。

僕は知らない。

この伯爵家と子爵家が母上と因縁深い間柄であったことを。

社交界でハブられ続けた二家。

その理由を知る世代はアルカイックスマイルでなにも語らない。

二十年前に社交界から追放された貴族のドラ息子たちの記憶など遠い彼方の出来事なのだから。

【時代の変化】

「コーネル伯爵家があれから二十年持ったのは予想外です」

自分でも失礼なことを言っているのは理解していますが、正直なところ十年もたないと踏んでいました。

「かなり無茶をしたようじゃ」

おじい様も数年と経たずに破綻すると見ていたみたいです。その倍以上持たせたのですから驚きですね。

「借金をしていたと聞きましたが」

「うむ、借金で補填しておったようじゃ」

「貸すところがあったんですね」

「領主が経営しておる高利貸しじゃ。コーネル伯爵家は貴族じゃから借金もしやすかったのじゃろう」

「領地と屋敷を担保にしてですか」

「高利貸しの領主はやり手じゃ。王宮に売却許可の申請を出してきおった」

申請を出したということは、既に許可がおりているのでしょう。

自領とはいえ、勝手に売買することは禁じられています。それは購入する側も同じこと。片方が申請書を王宮に出せば問題にはなりません。ただし、王国の人間に限りますけど。今回は売る側も買う側も同じ貴族。申請も通りやすかったはずです。

因みに、テオドールは申請書を出していません。

きっと、申請書を王宮に出す必要があることさえ知らないのでしょう。本当に、まっとうなところで借金をしてよかったですわね。世の中、あくどい高利貸し屋は多いと聞きますもの。

「もっと早く爵位を返上していれば財産は守れたのではないですか？」

「そうじゃのう」

元婚約者ですが、テオドールの考えが理解できません。

損切りも大事だと何故わからないのでしょう。

「怖かったのかもしれんのぉ」

「おじい様？」

「近隣の領地が荒れ果てた挙句に領民に領主一家が殺される事件が頻発しておったからのぉ。無法地帯と化した場所は治安が悪化するものじゃ。あおりを受けた領主もおったろう」

「それで借金を？」

「かもしれんのぉ。まあ、本当のところは本人しかわからんて」

「そう……ですね」

全財産差し押さえにはなっていないようです。

持ち出せる財産。宝石類や絵画、調度類は取り上げられなかったようなので一家離散の憂き目に遭うことはないとのこと。

＊

「逃げた？」

「そのようじゃな」

のほほんとした反応の祖父。

テオドールの妻は伯爵家の宝石類を持ち出して男と逃げたらしいです。

「実家の子爵家も破綻しておりますのに」

「だからじゃろうな。テオドールは逃亡した妻による窃盗として被害届を出したらしいぞ」

「それは仕方ありませんね」

「宝石泥棒じゃからな」

「はい」

妻とはいえ、窃盗はいけません。

「テオドールは親族を頼るそうじゃ」

「受け入れてくれるのですか？」

「了承を得ておるから大丈夫じゃろう」

「そうですか」

親族に受け入れてもらえるなら、まだましですね。

数日後、国境の街で元伯爵夫人は逮捕されたそうです。

＊

最近、巷《ちまた》では『高貴なる令嬢の躍進』などという作品が流行っているようです。

なんでも、その作品を書いた作家さんが王族との繋がりがあり、そこから王族をモデルにした話が次々と生まれているとかいないとか。そんな作家いたかしら？

家柄、血筋、才能。

すべてを併せ持った令嬢がアホな婚約者を持ったことで大変な苦労を強いられる話は読んでいて共感を覚えました。どこにでもアホな男はいるものです。若さ故というよりも本人の気質でアホを全力投球する男の話も読んでいて笑いを誘いました。地位の低い女性からの、色仕かけや脅迫に近い強引なアプローチは現実なら思わず顔をしかめてしまうところでしょう。それをコミカルに書き上げてしまう筆力には脱帽しますわ。

一応、恋愛小説ですがついつい笑ってしまうのですから仕方ありません。

まぁ、現実でやられるとドン引きですけどね（笑）。

どうやらペンネームで発表しているようで、誰が作者なのか不明だそうです。男性なのか女性なのかもわからないそうです。残念ですね。一度お会いしたいと思っていましたのに。

作品を読むことで満足しましょう。

「案外、身近な存在かもしれませんよ?」

そう囁いたのはシャロンでした。

意味深な笑顔で微笑む娘の姿に首を傾げるしかありません。

そんな存在いたかしら?と——。

小説は若者たちのバイブルとして爆発的に売れているそうです。

なんでも今後の貴族社会で生き抜く知恵、もしくは心得だとか。

どういう意味かしら?

普通に楽しむためのものですわよね?

最近の若者についていけませんわ。

この後、時代の変化とともに小説の人気ジャンルは変わっていくのですが、『高貴なる令嬢の躍進』は根強い人気を保ち続けていくことになります。そして多くの読者の心を掴み、続編を渇望されるようになるのはもう少し先のお話。

更に月日が経ち、それはシリーズ化を果たすほど人気を博していくことになるのですが、それもまた別のお話。


虐げられるヒロインが白馬の王子様に助けられる話ではなく、かといって天真爛漫なヒロインの身分違いの恋物語でもなく、陰謀渦巻く世界で自分を磨き上げ、どんな逆境に立たされても諦めることなく自分の信念を貫き通す強くしなやかな主人公という新しいヒロイン像が絶大な人気を集めるようになる未来。

そのモデルとなった女性は、とある国のとある王妃。

頭脳を武器にして夫である国王を支えながら国民から絶大な支持を得た人物だと囁かれる時には、残念ながら私は夫の隣で永遠の眠りに就いたあとのこと。そのため、私自身がモデルのヒロインだったことは最期まで知りませんでした。

ただ、私の曾孫にあたる王女が新たなヒロインのモデルにされるという現象が起きました。

ただし、こちらは冒険もの。

武術に長けた王女の物語。

まさしく、その時代に望まれたヒロインだったのでございます。

ごきげんよう、私を捨てた元婚約者様。
陛下のお子を身籠りました

2025年3月5日　初版第1刷発行

著　者　つくも茄子

発行人　菊地修一

発行所　スターツ出版株式会社

〒104-0031　東京都中央区京橋1-3-1　八重洲口大栄ビル７F
TEL　03-6202-0386（出版マーケティンググループ）
TEL　050-5538-5679（書店様向けご注文専用ダイヤル）
URL　https://starts-pub.jp/

印刷所　大日本印刷株式会社

ISBN　978-4-8137-9429-5　C0093　Printed in Japan

［つくも茄子先生へのファンレター宛先］
〒104-0031　東京都中央区京橋1-3-1　八重洲口大栄ビル７F
スターツ出版（株）　書籍編集部気付　つくも茄子先生